Dans la même collection :

H.P. Lovecraft :
L'Appel de Cthulhu
L'Horreur à Dunwich

Cthulhu : Le Mythe
Cthulhu : Le Mythe – Les Montagnes de la démence et autres récits
Cthulhu : Le Mythe – L'Affaire Charles Dexter Ward et autres récits
Les Contrées du Rêve

Simon :
Necronomicon

Donald Tyson :
Le Grimoire du Necronomicon

S.T. Joshi :
Les Chroniques de Cthulhu

François Baranger :
L'Appel de Cthulhu illustré
Les Montagnes hallucinées illustré, Tome I

CE LIVRE EST ÉGALEMENT DISPONIBLE
AU FORMAT NUMÉRIQUE

www.bragelonne.fr

H.P. Lovecraft

L'Horreur à Dunwich

Traduit de l'anglais (États-Unis) par Sonia Quémener

Bragelonne

Collection dirigée par Stéphane Marsan et Alain Névant

Titre original : *The Dunwich Horror*, 1928
Paru pour la première fois dans *Weird Tales* en avril 1929

ISBN : 979-10-281-0597-6

Bragelonne
60-62, rue d'Hauteville – 75010 Paris

E-mail : info@bragelonne.fr
Site Internet : www.bragelonne.fr

« Les Gorgones, les Hydres, les affreuses Chimères, les histoires de Celæno et des Harpies, peuvent se *reproduire* dans un cerveau superstitieux, mais elles y étaient auparavant. Ce sont des copies, des types… les archétypes sont en nous… éternels. Autrement, comment le récit de ce que, dans l'état de veille, nous savons être faux, pourrait-il nous affecter le moins du monde ? […] Serait-ce que, naturellement, nous prenons peur de tels objets, considérés relativement à leur pouvoir possible de nous infliger une souffrance corporelle ? Absolument rien de cela : c'est le dernier de nos soucis. Ces frayeurs-là ont une source plus ancienne. Elles sont antérieures à notre corps. Abstraction faite du corps, elles auraient été tout de même. […]
Le fait que cette sorte d'épouvante, en question ici, est d'un ordre purement spirituel, que son empire est en proportion de son manque d'objet terrestre, qu'elle domine surtout à l'époque de la plus innocente enfance, voilà autant d'énigmes dont la solution pourrait nous

ouvrir des jours sur notre condition antéterrestre, et tout au moins une lueur sur les royaumes éthérés de la préexistence. »

Charles Lamb,
Sur les sorcières et autres peurs nocturnes [1]

1. In *Essais choisis de Charles Lamb,* traduits de l'anglais par Louis Dépret, Paris, G. Charpentier éditeur, 1880, pp. 258-259. (*NdT*)

I

Lorsqu'un voyageur parcourant le centre nord du Massachusetts se trompe d'embranchement au carrefour du péage d'Aylesbury, juste après le Virage du Doyen, il tombe sur une région étrange et isolée.

L'altitude augmente, les parois rocheuses bordées de ronces enserrent de plus en plus les ornières du chemin tortueux. Les arbres des massifs forestiers omniprésents paraissent trop imposants et les broussailles, buissons et mauvaises herbes présentent en ces lieux une vigueur surprenante pour une région habitée. Par ailleurs, les champs cultivés semblent étonnamment rares, arides, et les quelques maisons éparses ont toutes le même aspect étonnant : antique, sordide et décrépit.

Sans trop savoir pourquoi, on hésite à demander son chemin aux silhouettes solitaires et distordues qu'on aperçoit de temps à autre sur des seuils de pierre effritée ou au milieu de pâtures pentues semées de rocs. Elles se montrent tellement silencieuses, fuyantes, qu'on a l'impression d'aborder un domaine interdit où demeurent des êtres auxquels, pressent-on, mieux vaut ne pas avoir affaire. Lorsqu'une nouvelle côte donne à voir les montagnes surplombant les bois denses, ce sentiment de malaise bizarre s'accroît. Les sommets en sont trop ronds, trop symétriques pour que s'en dégage l'impression de sérénité propre aux éléments naturels. Par moments se détachent sur le ciel, avec une netteté particulière, les cercles étranges de grandes pierres levées qui en couronnent la plupart.

Des gorges et des ravins d'une profondeur problématique coupent la route, et les grossiers ponts de bois qui les enjambent n'inspirent pas confiance. Lorsque le chemin redescend, on traverse alors des étendues marécageuses qui inspirent une répulsion instinctive, et, disons-le, on a presque peur quand au crépuscule d'invisibles engoulevents bois-pourri émettent leurs trilles et qu'une profusion anormale de lucioles dansent au rythme déplaisant, inquiétant et obsédant des croassements stridents des grenouilles-taureaux. La Miskatonic près de sa source brille en une fine ligne et évoque de manière étonnante un serpent ondulant aux pieds des monts en dôme qui lui donnent naissance.

Quand on s'approche des collines, leurs flancs boisés s'imposent davantage au regard que leurs sommets cerclés de pierre. Ils sont si escarpés et sombres qu'on se prend à souhaiter ne pas les voir de plus près, mais aucun trajet ne permet de leur échapper. De l'autre côté d'un pont couvert, on remarque un hameau blotti entre le torrent et la pente verticale du mont Rond et on reste ébahi devant ce rassemblement de toits pourrissants dont la conception à pentes brisées trahit une architecture plus ancienne que celle de la région environnante. De plus près, on constate avec une certaine inquiétude que la plupart des maisons sont abandonnées et tombent en ruine, et que l'unique semblant de commerce du village se situe dans une église dont la flèche est brisée. On appréhende les ténèbres du pont couvert, mais on n'a pas le choix. Passé sur l'autre rive, on croit sentir une odeur désagréable flottant dans les rues, faible mais persistante, celle de l'accumulation séculaire de moisissure et de décomposition. On est toujours soulagé de s'éloigner de cet endroit pour contourner sur la route étroite la base des collines et traverser la campagne plate au-delà, jusqu'au pic d'Aylesbury. Par la suite, on apprend parfois avoir traversé Dunwich.

Les étrangers visitent le moins possible ce bourg ; depuis une certaine saison de terreur, toutes les pancartes l'indiquant ont été arrachées. Si on s'en tient aux canons esthétiques ordinaires, le paysage est d'une beauté rare, et pourtant ni artistes ni estivants ne s'y pressent. Deux siècles auparavant, quand on pouvait encore parler de lignées de sorcières, d'adoration satanique ou d'étranges présences dans la forêt sans déclencher de moquerie, les arguments pour éviter les parages ne manquaient pas. À notre époque de raison, et dans la mesure où les événements horrifiques de 1928 à Dunwich ont été étouffés par ceux qui avaient à cœur le bien du hameau – du monde –, les gens s'en tiennent éloignés sans trop savoir pourquoi. Peut-être cela tient-il en partie, même si cette raison ne vaut pas pour les étrangers au pays, à la répugnance qu'inspirent les autochtones. Ces derniers sont allés très loin dans la dégénérescence si commune aux coins reculés de Nouvelle-Angleterre, jusqu'à former une véritable race, définie sans équivoque par les stigmates physiques et mentaux qu'entraîne la consanguinité. En moyenne, leur intelligence est déplorable, et les annales locales regorgent d'histoires nauséabondes de malveillances flagrantes, de meurtres et d'incestes à demi camouflés, ainsi que d'actes pervers et brutaux presque jusqu'à l'indicible. La petite noblesse locale, représentée par deux ou trois familles blasonnées implantées là après avoir quitté Salem en 1692, s'est plus ou moins maintenue au-dessus de la décrépitude générale, même si plusieurs de ses branches se sont si intimement commises avec la populace sordide que seuls leurs noms persistent à indiquer les hautes origines qu'ils déshonorent. Certains Whateley et Bishop envoient encore leurs fils aînés étudier à Harvard ou Miskatonic, mais ces derniers reviennent ensuite rarement vivre sous les toits moisis à pentes brisées où ils sont nés, eux et leurs ancêtres.

Personne, même ceux au fait de l'horreur qui s'est récemment produite à Dunwich, ne peut expliquer au juste l'origine du malaise qu'on éprouve à cet endroit. Toutefois, d'antiques légendes relatent des rites impies, des rassemblements d'Indiens invoquant sur les grandes collines rondes d'obscures formes bannies et se livrant à d'orgiaques rites sauvages auxquels répondaient, émanant de l'intérieur de la terre, craquements et éboulements retentissants. En 1747, le révérend de l'église congrégationaliste Abijah Hoadley, nouvellement en charge de la paroisse, fit un prêche mémorable sur la proximité de Satan et de ses suppôts, dans lequel il disait :

« Il est indéniable que ces infernales hordes blasphématoires de démons constituent un problème reconnu ! Plus d'une vingtaine de témoins honorables vivant parmi nous attestent avoir ouï, résonnant sous la terre, les voix maudites d'Azazel, de Buzrael, de Belzébuth, de Bélial. Moi-même, voici seulement deux semaines, j'ai surpris une discussion entre ces puissances maléfiques dans la colline derrière ma demeure. Elle retentissait de claquements, de grondements, de grognements, de crissements et de sifflements qu'aucun être de notre Terre n'aurait pu produire et qui devaient donc provenir de cavernes que seule la magie noire peut faire apparaître, seul le Diable peut ouvrir. »

Le père Hoadley disparut peu de temps après avoir prononcé ce sermon, mais le texte imprimé à Springfield est parvenu jusqu'à nous. D'année en année, on rapporte toujours des bruits étranges dans les collines, qui restent une énigme pour les géologues et les géographes.

D'autres légendes évoquent des odeurs pestilentielles senties à proximité des cercles de pierres levées au sommet des collines, ainsi que de légers bruits entendus dans des endroits bien précis au fond des ravins encaissés et qui témoigneraient du passage de créatures invisibles ; tandis que d'autres encore tentent d'expliquer l'état de la Parcelle Saute-Diable : une sinistre pente dévastée où rien ne pousse, ni arbre, ni buisson ni même le plus petit brin d'herbe. Précisons aussi que les habitants de Dunwich ressentent une terreur mortelle devant la multitude d'engoulevents qui donnent de la voix par certaines nuits douces. Ils jurent que ces oiseaux, psychopompes toujours à l'affût des âmes des mourants, complotent pour pousser leurs trilles tous ensemble au moment précis où l'agonisant rend son dernier soupir. S'ils parviennent à s'emparer de l'esprit lorsqu'il se détache du corps, ils s'envolent sur-le-champ en poussant des cris d'hilarité démoniaque ; s'ils échouent, ils sombrent peu à peu dans un silence déçu.

Ces contes, il va de soi, sont dépassés, ridicules, reliquats de temps très lointains. Par le fait, Dunwich est scandaleusement ancien, bien plus que tous les villages situés à cinquante kilomètres à la ronde. Au sud du hameau, on distingue encore les murs et la cheminée de l'antique maison Bishop, bâtie avant 1700, tandis que les ruines du moulin près des chutes, datant de 1806, constituent l'édifice le plus moderne du lieu. L'industrie n'a pas prospéré ici et l'essor des manufactures au XIXe siècle s'est révélé un feu de paille. Et, plus vieux encore, s'élèvent sur les collines les immenses cercles de pierres grossièrement taillées, qu'on attribue en général aux Indiens plutôt qu'aux colons. Les amas de crânes et d'ossements découverts à l'intérieur de ces cercles et à proximité du gros rocher tabulaire en haut de Sentinel Hill alimentent la croyance populaire selon laquelle ces lieux abritaient autrefois les cimetières des Pocumtucks. Pourtant nombre d'ethnologues, sans considération aucune pour l'absurdité d'une telle théorie, persistent à affirmer que ces restes proviennent d'hommes blancs.

II

C'est sur la commune de Dunwich, dans un grand corps de ferme à moitié inhabité accolé à un flanc de colline, situé à six kilomètres et demi du village et à deux et demi de l'habitation la plus proche, que Wilbur Whateley naquit à 5 heures le dimanche 2 février 1913. Cette date a marqué les mémoires : d'une part il s'agissait de la Chandeleur, que les gens de Dunwich fêtent sous un autre nom, d'autre part d'affreux bruits avaient retenti dans les montagnes et tous les chiens à la ronde avaient aboyé avec obstination durant la nuit. Un autre fait moins digne d'intérêt était l'identité de la mère, membre d'une branche dégénérée des Whateley. C'était une albinos laide et plus ou moins bossue âgée de trente-cinq ans, vivant avec son père à moitié sénile sur qui, dans sa jeunesse, avaient couru les plus terribles rumeurs de sorcellerie. On ne connaissait pas d'époux à Lavinia Whateley, mais, comme il est d'usage dans la région, elle ne fit rien pour renier cet enfant. Les villageois pouvaient spéculer tout leur soûl sur l'identité de son père – ils ne s'en privèrent pas. Bien au contraire, elle paraissait étrangement fière de ce nourrisson dont le teint bistre et le faciès caprin formaient un tel contraste avec sa peau maladive et ses yeux roses d'albinos ; on l'entendit marmotter force prophéties étranges concernant les pouvoirs insolites du petit et son avenir prodigieux.

Ces déclarations semi-articulées n'étonnèrent guère de la part d'une créature solitaire portée à errer dans les collines au milieu des tempêtes, qui s'efforçait de lire les grands volumes à l'odeur de moisi dont son père avait hérité de deux cents ans d'ancêtres Whateley, à moitié désagrégés sous l'action conjuguée du temps et des vers. Elle n'avait jamais connu les bancs de l'école mais avait eu la tête farcie des bribes éparses de savoir ancien enseigné par le vieux Whateley. On évitait depuis toujours cette ferme isolée dont le maître était réputé pratiquer la magie noire ; la mort violente et jamais résolue de Mme Whateley quand sa fille avait douze ans n'avait pas aidé à réhabiliter l'endroit. Isolée dans cet environnement bizarre, Lavinia s'adonnait à d'extravagantes rêveries et à des occupations insolites. Son temps n'était guère accaparé par les soins du ménage dans cette demeure où toute notion d'ordre et de propreté avait depuis longtemps disparu.

La nuit où naquit Wilbur, on entendit retentir des hurlements atroces qui couvrirent les bruits dans les collines et les clameurs des chiens, mais, à la connaissance des villageois, aucun médecin, aucune sage-femme n'aidèrent sa venue au monde. Les voisins ne surent rien de l'enfant avant une semaine, quand le vieux Whateley fit glisser son traîneau dans la neige jusqu'au bourg et tint des propos incohérents à l'adresse des clients dans l'épicerie d'Osborn. Un changement paraissait à l'œuvre chez le vieillard, une espèce de soumission dans son cerveau embrumé qui, subtilement, donnait l'impression qu'après avoir tant dispensé la crainte, il la ressentait désormais. Pourtant il n'était pas homme à se laisser impressionner par un événement familial quelconque. Au cœur de ces perturbations, il affichait la même fierté qu'on remarqua par la suite chez sa fille, et plusieurs de ceux qui l'entendirent ce matin-là se rappelèrent bien des années plus tard ses révélations concernant le père de l'enfant.

« M'en fiche de c'que pensent les gens ! Si l'gosse de Lavinny ressemblait au papa, l'aurait en rien d'l'allure qu'on croirait. Pas la peine de penser que les seuls gens c'est les ceusses du coin. Lavinny, al a lu pas mal, al a vu des choses que vous faites qu'en parler. J'crois qu'son homme y vaut ben ceux qu'on trouve de c'côté d'Aylesbury ! Et si vous en saveriez autant sur les collines que moi, vous chercheriez pas d'meilleure église pour les épousailles. J'vais vous dire : un jour, les croquants, vous entendrez un gosse de Lavinny beugler l'nom d'son père en haut de Sentinel Hill ! »

Les seules personnes qui virent Wilbur durant le premier mois de son existence furent le vieux Zechariah

Whateley, de la branche non dégénérée de la famille, et la compagne d'Earl Sawyer, Mamie Bishop. La visite de cette dernière n'était motivée que par la curiosité, et les récits qu'elle en fit par la suite furent à la hauteur de ses observations ; mais Zechariah, lui, était venu apporter deux vaches d'Alderney que le vieux Whateley avait achetées à son fils Curtis. Cette transaction marqua le début d'une longue série d'achats de bétail de la part de la famille du petit Wilbur. Ils ne prirent pas fin avant 1928, quand se manifesta puis disparut l'horreur à Dunwich, et pourtant l'étable décrépite des Whateley ne sembla à aucun moment surpeuplée. Pendant une période, les rumeurs excitèrent suffisamment la curiosité de certains habitants du bourg pour les pousser à épier le troupeau qui paissait, dangereusement perché sur le flanc abrupt de la colline surplombant l'antique corps de ferme. Ils ne comptèrent jamais plus de dix ou douze bêtes anémiques, qu'on aurait crues vidées de leur sang. De toute évidence un dérangement ou une maladie quelconque – peut-être due au pâturage peu sain ou à la présence de champignons toxiques dans le bois de l'infecte étable –, causait la mort de beaucoup de ces animaux chez les Whateley. Apparemment, des plaies bizarres rappelant des incisions accablaient le bétail. À une ou deux reprises, pendant les premiers mois, certains visiteurs imaginèrent distinguer des marques similaires sur les gorges du vieillard barbu au teint grisâtre et de sa fille albinos aux cheveux crépus ébouriffés.

Le printemps qui suivit la naissance de Wilbur, Lavinia reprit ses errances coutumières dans les collines, avec dans ses bras disproportionnés son enfant basané. L'intérêt pour les Whateley retomba quand la plupart des villageois eurent vu le bébé, et personne ne se donna la peine de gloser sur le développement rapide dont le nourrisson donnait des preuves quotidiennes. La croissance de Wilbur était en effet phénoménale : trois mois après sa naissance, il avait la carrure et la force musculaire d'un enfant de un an. Ses mouvements et même les sons qu'il émettait témoignaient d'un contrôle et d'une volonté très insolites chez un bambin ; personne ne fut vraiment surpris quand, à sept mois, il commença à marcher sans aide. Le chancellement de ses pas disparut en trois ou quatre semaines.

Ce fut quelque temps plus tard, à Halloween, qu'on distingua à minuit un immense brasier au sommet de Sentinel Hill, là où la grande pierre-autel tabulaire se dresse au milieu de son tumulus d'anciens ossements. Les discussions allèrent bon train quand Silas Bishop (de la branche non dégénérée des Bishop) raconta avoir vu le gosse gravir d'un pas décidé cette même colline devant sa mère, une heure environ avant qu'on remarque l'incendie. Silas ramenait alors une génisse égarée, mais il faillit oublier sa mission en apercevant les deux silhouettes furtives à la faible lueur de sa lanterne. Elles filaient presque sans aucun bruit à travers les broussailles. Le témoin étonné de la scène eut l'impression qu'elles étaient entièrement dévêtues. Par la suite, il eut des doutes concernant l'enfant, qui portait peut-être une espèce de ceinture à franges et un pantalon foncé. Par la suite, on ne vit plus jamais Wilbur vivant et conscient sans une tenue complète bien boutonnée, et la simple menace d'un désordre dans ses habits semblait le plonger dans une colère et une inquiétude extrêmes. On commenta beaucoup le contraste de son apparence soignée par rapport à celles de sa mère et de son grand-père si négligées, jusqu'à ce que l'horreur de 1928 fournisse une raison parfaitement logique à son attitude.

Au mois de janvier suivant, les commères ne trouvèrent qu'un intérêt limité au fait que le « noiraud d'Lavinia » commence à parler à seulement onze mois. Son discours se révéla cependant remarquable, d'une part parce que son accent différait de celui de la région, et de l'autre parce qu'il était dépourvu du moindre zozotement puéril, ce que beaucoup d'enfants de trois ou quatre ans auraient pu lui envier. Le petit garçon ne se montrait guère bavard, mais ses paroles donnaient toujours l'impression qu'il disposait de mystérieux éléments d'information absolument inaccessibles aux habitants de Dunwich. L'étrangeté ne provenait pas de ce qu'il disait, ni du vocabulaire simple qu'il employait, mais paraissait plus ou moins liée à son intonation ou aux organes internes qui produisaient les sons. Son visage lui aussi présentait une maturité étonnante ; même s'il partageait l'absence de menton de sa mère et de son grand-père, son nez à la forme prématurément affirmée associé à l'expression de ses grands yeux sombres – presque latins – lui conférait une allure presque adulte et faisait pressentir chez lui une intelligence quasi surnaturelle. Pour autant, malgré cette apparence d'individu brillant, il était fort laid. Il y avait quelque chose de presque caprin, ou en tout cas d'animal, dans ses lèvres épaisses, sa peau jaunâtre aux larges pores, ses cheveux rêches et crépus et ses oreilles curieusement allongées. On ne tarda pas à le trouver encore plus antipathique que sa mère et son grand-père, et toutes les suppositions qu'on faisait sur son compte étaient pimentées d'allusions à la magie antique du vieux Whateley, et à la manière dont il avait une fois fait trembler les collines en hurlant le nom abominable de « Yog-Sothoth » au milieu d'un grand cercle de pierres, un énorme livre ouvert sur ses bras tendus. Les chiens exécraient l'enfant qui devait constamment trouver des moyens de se défendre contre leurs aboiements menaçants.

III

Pendant ce temps, le vieux Whateley continuait à acheter du bétail sans paraître augmenter les effectifs de son troupeau. Il commença aussi à couper du bois et à réparer les parties inutilisées de sa demeure, une grande bâtisse au toit pointu dont l'arrière s'enfonçait dans le flanc rocheux de la montagne. Les trois pièces les moins délabrées du rez-de-chaussée leur avaient pourtant toujours suffi, à lui et à sa fille.

Ce vieillard devait disposer d'extraordinaires ressources physiques pour abattre autant de labeur pénible ! Et, même si de temps à autre il tenait encore des propos déments, son ouvrage de charpentier donnait tout l'air de résulter de calculs bien pensés. Le chantier avait en fait débuté dès la naissance de Wilbur avec la remise en état soudaine d'un des multiples cabanons à outils du domaine, sur lequel le vieux Whateley avait en outre installé des volets et un solide verrou tout neuf. Il se montra un artisan tout aussi soigneux dans la restauration de l'étage abandonné de la maison. Sa folie ne se manifesta en l'occurrence que dans son choix d'aveugler complètement l'ensemble des fenêtres de la partie réhabilitée – toutefois, beaucoup estimèrent insensé de se donner seulement la peine de réaliser de tels travaux.

Un autre ouvrage plus compréhensible consista en la rénovation d'une autre pièce, au rez-de-chaussée, pour son petit-fils. Plusieurs visiteurs purent la voir, mais aucun ne fut jamais admis à l'étage désormais clos. Le vieillard plaça dans la chambre d'enfant de hautes et solides étagères dans lesquelles il entreprit de ranger selon un ordre apparemment réfléchi les antiques tomes pourrissants – entiers ou mutilés – que, en son temps, il avait laissé traîner dans tous les coins de la maison.

« J'les ai ben utilisés, déclarait-il en s'efforçant de recoller une page déchirée couverte de caractères noirs avec de la pâte préparée sur le fourneau rouillé, mais l'garçon en aura mieux l'usage. Autant qu'y en profite, passque l'aura point d'autre école. »

Quand Wilbur eut un an et sept mois – on était en septembre 1914 –, sa taille et ses capacités avaient presque de quoi inquiéter. On lui aurait donné quatre ans, il s'exprimait aisément et avec une intelligence prodigieuse. Il courait à sa guise dans les champs et les collines, et accompagnait sa mère lors de ses promenades. À la maison, il étudiait de près les images et les graphiques des livres de son grand-père qui, de son côté, au cours de longs après-midi, lui dispensait à mi-voix enseignement et endoctrinement. À cette époque, la restauration de la maison était achevée, et ceux qui l'observaient se demandaient pourquoi on avait transformé l'une des fenêtres de l'étage en une porte massive. Cette issue donnait sur l'arrière, sous le toit à pentes brisées, tout près de la colline ; et personne ne comprenait l'usage d'une rampe en bois renforcée qui reliait à présent l'ouverture au sol. Lorsque la restauration fut terminée, les curieux remarquèrent que le vieux cabanon à outils verrouillé et aveuglé depuis la naissance de Wilbur était de nouveau à l'abandon. La porte en bâillait mollement, et quand Earl Sawyer, un jour, pénétra à l'intérieur après une de ses ventes de bétail au vieux Whateley, l'odeur étrange qu'il respira le fit presque s'évanouir. Il assura n'avoir jamais senti pareille puanteur de toute sa vie, sauf à proximité des cercles de pierres indiens sur les collines. Rien de sain ni même né sur Terre n'aurait pu en être à l'origine. D'un autre côté, les habitations et les dépendances de Dunwich n'ont jamais brillé par leur pureté olfactive.

Les mois suivants furent vierges d'événements notables, mis à part que chacun aurait juré constater une augmentation lente mais régulière des bruits mystérieux dans les collines. Lors de la nuit de Walpurgis de 1915, on ressentit des secousses sismiques jusqu'à Aylesbury, et le Halloween suivant fut marqué par un grondement souterrain bizarrement synchronisé avec des jaillissements de flammes au sommet de Sentinel Hill, qu'on attribua à « ces sorciers d'Whateley ».

Wilbur grandissait étrangement vite ; entrant dans sa quatrième année, il avait l'apparence d'un enfant de dix ans. Désormais il lisait avec avidité, mais il parlait encore moins qu'avant. Il était résolument taciturne, et c'est à cette époque que les gens commencèrent à évoquer sans se cacher l'expression démoniaque visible sur sa face caprine. Il lui arrivait de marmonner dans un jargon inconnu, de psalmodier sur des rythmes bizarres emplissant quiconque l'entendait d'un sentiment de terreur inexplicable. La haine que lui portaient les chiens suscitait désormais de nombreux commentaires et il devait porter une arme à feu sur lui afin d'assurer sa sécurité quand il circulait dans la campagne. Il lui arriva de l'utiliser, ce qui n'améliora pas sa popularité chez les propriétaires de compagnons canins.

Les rares visiteurs des Whateley trouvaient souvent Lavinia seule au rez-de-chaussée, tandis que des cris et des piétinements étranges résonnaient à l'étage barricadé. Elle ne disait jamais ce que son père et son fils faisaient là-haut, mais, en une occasion, elle blêmit et manifesta une crainte disproportionnée quand un poissonnier itinérant facétieux fit mine d'ouvrir la porte verrouillée menant à l'escalier. Par la suite, l'homme raconta aux clients de l'épicerie du village qu'il avait cru entendre un cheval battre des sabots sur le parquet au-dessus. L'auditoire réfléchit, se rappela la porte à l'étage avec sa rampe et le bétail qui disparaissait à une telle vitesse. Puis tous frémirent en se remémorant les récits de la jeunesse du vieux Whateley, et les êtres monstrueux qui surgissent de terre lorsqu'on sacrifie au moment propice un bœuf à des dieux païens. Cela faisait quelque temps qu'on avait remarqué l'aversion et la crainte croissante des chiens envers l'ensemble du domaine Whateley, aussi fortes que celles qu'ils manifestaient contre le jeune Wilbur.

En 1917, le pays entra en guerre. Le chevalier Sawyer Whateley, en tant que responsable du bureau de conscription de la région, eut beaucoup de mal à trouver sur Dunwich un quota suffisant d'hommes qu'on pût seulement envoyer en camp de sélection. Le gouvernement, inquiet de ce que cette situation impliquait peut-être une dégénérescence régionale massive, y missionna plusieurs officiers et experts médicaux à fins d'investigation ; ils menèrent une enquête que les lecteurs des journaux de la Nouvelle-Angleterre se rappellent peut-être encore. Le retentissement de l'événement mit les journalistes sur la trace des Whateley et incita le *Globe* de Boston comme l'*Advertiser* d'Arkham à publier dans leurs suppléments du dimanche des reportages chargés de superlatifs sur la précocité du jeune Wilbur, la magie noire de son grand-père, les étagères chargées de livres mystérieux, l'étage aveuglé de l'antique corps de ferme et l'étrangeté de l'ensemble de la région avec ses grondements sous les collines. Wilbur avait alors quatre ans et demi, on lui en aurait donné quinze. Ses lèvres et ses joues disparaissaient sous un duvet noir rêche et sa voix avait commencé à muer.

Earl Sawyer se rendit chez les Whateley avec des équipes de reporters et des photographes des deux journaux, et leur fit remarquer l'insolite puanteur qui semblait désormais émaner des espaces clos du premier étage. C'était, affirma-t-il, exactement la même qu'il avait sentie dans le cabanon abandonné après l'achèvement des travaux de restauration et la même dont il avait parfois cru percevoir des relents à proximité des cercles de pierres dans les collines. Les gens de Dunwich lurent les articles à leur parution et ricanèrent devant les erreurs évidentes qu'ils comportaient. Ils se demandèrent aussi pourquoi leurs auteurs avaient été si intrigués par le moyen dont le vieux sorcier réglait systématiquement ses achats de bétail : en pièces d'or très anciennes. Les Whateley avaient reçu leurs visiteurs avec une répugnance mal dissimulée, mais ils avaient craint davantage la publicité qui se serait ensuivie s'ils avaient usé de violence ou refusé de parler.

IV

Pendant une dizaine d'années, l'histoire des Whateley se résuma à la vie quotidienne d'une famille malsaine enfoncée dans ses habitudes étranges, qui atteignaient leur paroxysme lors des célébrations perverses de Walpurgis et de Halloween. Deux fois par an ils allumaient des feux au sommet de Sentinel Hill, et les grondements sous la montagne, en ces occasions, reprenaient avec une violence accrue. Mais des phénomènes bizarres et de mauvais augure se manifestaient en toute saison dans ce domaine isolé. Au fil du temps, de plus en plus de visiteurs affirmèrent avoir entendu du bruit à l'étage barricadé, même quand toute la famille se trouvait au rez-de-chaussée ; on se demandait quel laps de temps – bref ou long – prenait au juste le sacrifice d'une vache ou d'un bœuf chez les Whateley. Il fut question d'alerter la Société pour la prévention de la cruauté envers les animaux, mais ce débat n'aboutit à rien, car les gens de Dunwich appréhendent toujours d'attirer l'attention du monde extérieur sur eux.

Vers 1923 – Wilbur était alors un garçon de dix ans dont l'esprit, la voix, la stature et le visage barbu donnaient tous les indices de la maturité –, un second grand chantier de charpente fut entrepris dans l'antique maison. Tout se passa à l'étage barricadé ; les gens déduisirent des morceaux de bois mis au rebut que le jeune et le vieux Whateley avaient abattu toutes les cloisons intérieures et même ôté le plancher du grenier, ne laissant qu'un vaste espace ouvert entre le rez-de-chaussée et le toit pointu. Ils avaient également démoli la grande cheminée au milieu et fixé au fourneau de cuisine rouillé un frêle tuyau de poêle qui longeait le mur à l'extérieur.

Au printemps suivant ces travaux, le vieux Whateley remarqua que, la nuit, de plus en plus d'engoulevents quittaient la combe Aigues-Froides pour venir piailler sous la fenêtre de sa chambre. Il parut en tirer des conclusions importantes, et annonça aux clients de l'épicerie Osborn qu'il pensait son temps bientôt venu.

« Y sifflent pile avec mon souffle à c't'heure, déclara-t-il, et j'crois qu'y se préparent à m'prendre l'âme. Y savent qu'al va sortir et y comptent pas la rater. Vous verrez, les gars, après que chrai parti, s'y-z-ont réussi à m'attraper. Si oui, y vont chanter et s'esbaudir jusqu'au jour. Si non, y vont se tenir plus à carreau. J'me dis qu'des fois entre eux et les âmes qu'y chassent y a du sacré grabuge. »

La nuit de la fête de la moisson, en 1924, Wilbur Whateley appela en toute hâte le docteur Houghton, d'Aylesbury. Il avait sellé le dernier cheval du domaine, traversé au galop la campagne dans le noir, et téléphoné depuis l'épicerie d'Osborn au village. Le médecin trouva le vieux Whateley en piteux état ; le battement irrégulier de son cœur et sa respiration stertoreuse indiquaient une fin prochaine. La fille albinos sans grâce et le petit-fils bizarrement barbu se tenaient au chevet du vieillard, tandis que, depuis le vaste espace vide au-dessus, provenait une rumeur perturbante évoquant un déferlement liquide ou un clapotis rythmé, comme le bruit des vagues frappant le rivage. Mais ce qui marqua le plus le visiteur, ce fut le jacassement des oiseaux nocturnes dehors : une légion apparemment innombrable d'engoulevents criaient avec obstination leur message diabolique, en rythme avec les râles de l'homme à l'agonie. C'était sinistre et anormal, bien trop à l'image, songea le docteur Houghton, de toute cette région dans laquelle il avait pénétré bien malgré lui après avoir reçu l'appel d'urgence.

Vers 1 heure, le vieux Whateley reprit conscience et consacra ses dernières forces à prononcer quelques mots étranglés à l'adresse de son petit-fils.

« Fais-y d'l'espace, Willy... sans traîner. Tu pousses et ça aussi, plus vite. Ça sera bientôt prêt à t'servir, p'tit. Ouvre les portes à Yog-Sothoth avec la longue psalmodie que tu trouv'ras page 751 de l'édition complète, et pis fous l'feu à la prison. L'feu d'la terre peut pus brûler ça main'nant. »

De toute évidence, il avait sombré dans la folie. Il se tut un moment. La troupe d'engoulevents au-dehors adapta ses cris au rythme saccadé de la respiration du vieillard, tandis que, les étranges bruits des collines commençaient à s'entendre faiblement dans le lointain. Puis le mourant ajouta encore deux ou trois phrases.

« Nourris ça ben, Willy, pleure pas la quantité. Mais laisse pas ça pousser trop vite pour son coin, passque si ça casse son logis ou sort avant que t'as ouvert à Yog-Sothoth, c'est tout foutu. Seuls ceux d'l'au-delà peuvent faire ça se multiplier et travailler... Eux seuls, les Anciens qui veulent rev'nir... »

Mais son souffle se fit de nouveau haletant et il dut s'interrompre ; Lavinia hurla en entendant les cris des engoulevents suivre ce nouveau changement. L'agonie dura encore plus d'une heure, jusqu'au dernier soupir rauque. Le docteur Houghton ferma les paupières flétries sur les yeux gris vitreux tandis que le tumulte des oiseaux s'éteignait peu à peu pour laisser place au silence. Lavinia éclata en sanglots, mais Wilbur ricana tandis que les collines grondaient faiblement.

« Y l'ont pas eu », chuchota-t-il de sa grosse voix grave.

À cette époque, Wilbur était devenu un savant d'une prodigieuse érudition dans certains domaines, il s'était peu à peu fait connaître par correspondance auprès de nombreux conservateurs de bibliothèques dans des endroits lointains où l'on garde d'anciens ouvrages rares et interdits. Autour de Dunwich, on le haïssait et on le craignait de plus en plus à cause de la disparition de quelques jeunes gens dont la rumeur publique le rendait plus ou moins responsable. Mais il parvenait toujours à faire taire les questions grâce à la peur qu'il inspirait, ou grâce à son fonds d'or antique qui, comme au temps de son grand-père, servait régulièrement aux achats de bétail – lesquels augmentaient régulièrement. Il avait désormais une apparence stupéfiante de maturité et, après avoir atteint la taille moyenne d'un adulte, semblait devoir encore grandir au point de largement la dépasser. En 1925, quand un correspondant de l'université Miskatonic vint un jour lui rendre visite et repartit, le teint blême, l'expression perplexe, Wilbur Whateley mesurait bien deux mètres.

Au fil des ans, il avait traité sa mère albinos et bossue avec un mépris croissant, pour finalement lui interdire de courir les collines avec lui lors de la nuit de Walpurgis et de la Toussaint. En 1926, la malheureuse créature avoua à Mamie Bishop qu'elle avait peur de lui.

« J'en sais plus sur lui que chpeux dire, Mamie, déclara-t-elle, et main'nant chais pus tout sur lui. J'jure devant Dieu que chais pas c'qu'y veut ou c'qu'y essaie d'faire. »

Cet Halloween-là, les collines grondèrent plus fort que jamais, et le brasier brûla comme de coutume en haut de Sentinel Hill ; mais les gens s'intéressèrent davantage aux piaillements rythmiques d'un vaste rassemblement d'engoulevents qui s'étaient anormalement attardés dans la région pour la saison. Ils s'étaient massés à proximité de la ferme des Whateley plongée dans l'obscurité. Après minuit, leurs cris perçants se muèrent en une sorte d'hilarité tonitruante qui emplit toute la campagne et ne se calma pas avant l'aube. Puis ils disparurent, entreprenant leur migration vers le sud avec un bon mois de retard. Personne ne pouvait être sûr de ce que cela signifiait avant d'avoir vérifié : aucun des habitants de la région, apparemment, n'était mort. Mais personne ne revit plus jamais la malheureuse Lavinia Whateley, l'albinos bossue.

Durant l'été 1927, Wilbur répara deux remises de la ferme et entreprit d'y déménager ses livres et ses affaires. Peu de temps après, Earl Sawyer apprit aux clients de l'épicerie d'Osborn qu'on avait entamé de nouveaux travaux de menuiserie à la ferme Whateley. Wilbur barricadait les portes et les fenêtres du rez-de-chaussée et semblait y abattre toutes les cloisons intérieures, comme lui et son grand-père l'avaient déjà fait à l'étage quatre ans auparavant. Il vivait désormais dans une des remises, et Sawyer le trouvait inhabituellement inquiet et agité. D'une manière générale, on le soupçonnait d'être pour quelque chose dans la disparition de sa mère, et très peu, désormais, approchaient sa demeure. Il mesurait près de deux mètres vingt et rien n'indiquait que sa croissance soit terminée.

V

L'hiver suivant se produisit un événement des plus insolites : le premier voyage de Wilbur hors de la région de Dunwich. Ses requêtes par correspondance à la bibliothèque Widener de Harvard, la Bibliothèque nationale de Paris, le British Museum, l'université de Buenos Aires et la bibliothèque de l'université Miskatonic d'Arkham n'avaient pu lui obtenir le prêt d'un livre dont il avait désespérément besoin, aussi se résolut-il à se présenter en personne – mine négligée d'une propreté douteuse, barbe profuse, le langage d'un rustre – afin de consulter l'exemplaire de Miskatonic, le plus proche de lui géographiquement parlant. C'est ainsi que cette gargouille noiraude à face caprine de deux mètres cinquante, porteur d'une valise de mauvaise qualité toute neuve achetée à l'épicerie d'Osborn, apparut un jour à Arkham en quête du tome redouté gardé sous clé à la bibliothèque de l'université : l'atroce *Necronomicon* de l'Arabe dément Abdul Alhazred, dans la traduction latine d'Olaus Wormius publiée en Espagne au XVIIe siècle. Wilbur n'avait encore jamais vu de ville, mais rien ne le détourna de son chemin jusqu'à l'université. Une fois là-bas, il passa sans y prendre garde devant le gros chien de garde aux crocs étincelants qui lui aboya dessus avec une fureur démesurée en tirant comme un fou sur sa lourde chaîne.

Wilbur avait apporté avec lui l'exemplaire inestimable mais incomplet de la traduction anglaise de l'ouvrage par le docteur Dee, que lui avait légué son grand-père. Ayant obtenu l'accès au livre en latin, il entreprit sur-le-champ de comparer les deux textes dans le but de repérer un passage bien particulier qui aurait dû se trouver à la page 751 de son exemplaire fragmentaire. Il lui aurait été difficile, sans se montrer excessivement grossier, de refuser de répondre au conservateur de la bibliothèque, le même érudit, Henry Armitage, diplômé de Miskatonic, docteur en philosophie de Princeton, et en littérature de Johns Hopkins, qui lui avait un jour rendu visite à la ferme et qui à présent l'assaillait de questions polies. Wilbur dut reconnaître qu'il recherchait une espèce de formule ou une incantation dans laquelle apparaîtrait le nom redouté de Yog-Sothoth, et se retrouvait un peu perdu à cause de plusieurs divergences, répétitions et ambiguïtés qui compliquaient beaucoup sa tâche d'identification. Alors que le jeune Whateley recopiait la formule sur laquelle son choix s'était finalement arrêté, le docteur Armitage, derrière lui, jeta un coup d'œil involontaire sur le livre ouvert et constata que la page de gauche, dans la traduction latine, comportait une monstrueuse menace contre la tranquillité et la santé spirituelle du monde.

« Il importe aussi de ne pas croire [lut Armitage en traduisant mentalement] que l'homme soit le plus ancien ou le dernier à venir des maîtres de la Terre, ou que la vie et la matière ordinaires soient les seules à fouler le sol. Les Anciens furent, les Anciens sont, les Anciens seront. Ils ne vivent pas dans les espaces que nous connaissons, mais entre eux, et marchent, sereins, premiers, hors de nos dimensions et invisibles à nos yeux. Yog-Sothoth connaît la porte. Yog-Sothoth est la porte. Yog-Sothoth est la clé et le gardien de la porte. Passé, présent, avenir sont un en Yog-Sothoth. Il sait où autrefois les Anciens ont franchi la brèche, et où Ils la franchiront encore. Il sait où Ils ont foulé les champs de la terre, et où Ils les foulent encore, et pourquoi nul ne les voit quand Ils les foulent. Parfois, près d'eux, on Les reconnaît à Leur odeur, mais de Leur aspect nul ne sait rien, sauf lorsqu'il ressort dans les traits de ceux qu'Ils ont engendrés parmi l'humanité ; et de ceux-là il y a beaucoup de sortes, allant de la ressemblance avec la véritable image de l'homme à la forme invisible et sans substance qui Les caractérise. Ils errent sans qu'on les voie, empestant les lieux solitaires où les Mots furent prononcés et les Rites hurlés lors de Leurs Saisons. Le vent jargonne de Leurs voix, la terre grommelle de Leur conscience. Ils ploient la forêt et broient la cité, pourtant ni forêt ni cité ne voient la main qui les frappe. Kadath, dans les froides étendues perdues, Les a connus, et qui désormais connaît Kadath ? Dans le désert de glace du Sud et les îles englouties sous l'Océan gisent des pierres où Leur sceau est gravé, mais qui a vu la ville figée dans la glace ou la tour scellée que depuis longtemps enguirlandent algues et bernacles ? Le grand Cthulhu est Leur cousin, pourtant il ne peut guère que Les apercevoir. Iä ! Shub-Niggurath ! Tu Les reconnaîtras à Leur pestilence. Leur main est sur ta gorge et pourtant tu ne Les vois pas ; et Leur demeure se confond avec ton seuil défendu. Yog-Sothoth est la clé de la porte, là où se joignent les sphères. L'homme règne à présent où autrefois Ils régnaient ; bientôt Ils régneront où à présent règne l'homme. Après l'été l'hiver, après l'hiver l'été. Ils attendent, patients et puissants, car Ils régneront encore. »

Le docteur Armitage, mettant en relation ce qu'il venait de lire avec ce qu'il avait entendu dire au sujet des phénomènes inquiétants qui se manifestaient à Dunwich, ainsi qu'au sujet de Wilbur Whateley et de la sombre et hideuse aura qui l'entourait depuis sa naissance improbable jusqu'aux soupçons de matricide pesant sur lui, ressentit une vague d'effroi aussi tangible que le courant d'air moite et glacé surgi d'une tombe. Le géant caprin voûté devant ses yeux lui parut soudain comme engendré par une autre planète ou une autre dimension, comme s'il s'agissait d'un être n'appartenant que partiellement à l'humanité, lié aux gouffres noirs abritant des essences et des entités qui s'étendaient telles de titanesques fantasmagories au-delà des sphères de la force et de la matière, de l'espace et du temps. À cet instant, Wilbur leva la tête et parla de cette voix étrange et sonore, qui faisait soupçonner en lui des organes de vocalisation différents de ceux de l'espèce humaine ordinaire.

— M'sieu Armitage, j'crois qu'y faut qu'j'aie le livre chez moi. Y a d'dans des choses qu'y faut que j'essaie dans des certaines conditions que chpeux pas les avoir là, et ça s'rait péché mortel de laisser un règlement m'empêcher. Laissez-moi l'emprunter, m'sieu, et j'jure que point personne y l'saura. J'ai pas besoin d'vous dire que chaurai en prendre soin. C'est pas moi qu'j'ai mis l'exemplaire Dee dans l'état qu'y est…

Il s'arrêta en voyant l'expression résolue de refus sur le visage du conservateur, et ses propres traits de bouc se firent rusés. Armitage, qui s'apprêtait à lui dire de recopier tous les fragments dont il avait besoin, pensa soudain aux conséquences possibles de sa suggestion et s'en abstint. Le risque semblait trop grand, de remettre à cette créature les clés permettant d'accéder à des sphères étrangères aussi blasphématoires. Whateley comprit ce qu'il en était et s'efforça de réagir avec désinvolture.

— Bon, ben si vous l'prenez comme ça… P'têt'Harvard fera pas autant d'tintouin.

Sans rien ajouter, il se leva et sortit du bâtiment en baissant la tête à chaque pas de porte.

Armitage entendit le grognement féroce du gros chien de garde et observa le pas simiesque de Whateley qui traversait la petite portion du campus visible de la fenêtre. Il songea aux récits délirants qu'on lui avait rapportés, se rappela les articles du dimanche parus dans l'*Advertiser* et les légendes qu'il avait recueillies auprès des paysans et des villageois de Dunwich au cours de son unique voyage là-bas. Des êtres invisibles étrangers à notre Terre – du moins sa partie tridimensionnelle – se pressaient, puants et horribles, dans les combes de la Nouvelle-Angleterre et imposaient leur présence obscène au sommet des montagnes. Il en avait depuis longtemps la conviction. Et à présent il lui semblait ressentir la présence toute proche d'un élément abominable de cette horreur envahissante, et entrevoir l'approche infernale d'une domination obscure de ces antiques cauchemars qui jusque-là étaient restés passifs. Il remit sous clé le *Necronomicon* avec un frisson de dégoût, mais une puanteur anormale, impossible à identifier, flottait encore dans la pièce.

— « Tu les reconnaîtras à leur pestilence », récita-t-il.

Oui, cette puanteur était bien celle qui lui avait donné la nausée à la ferme Whateley, moins de trois ans auparavant. Armitage repensa à Wilbur avec son allure menaçante de bouc, et éclata d'un rire railleur en se rappelant les rumeurs du village quant à l'identité de son père.

« La consanguinité ? maugréa-t-il à part lui. Seigneur, quels imbéciles ! Si on leur faisait lire *Le Grand Dieu Pan* d'Arthur Machen, ils n'y verraient qu'un des scandales ordinaires à Dunwich ! Quel être, quelle maudite créature invisible sur – ou hors de – notre planète tridimensionnelle a donc engendré Wilbur Whateley ? Il est né à la Chandeleur, neuf mois après la nuit de Walpurgis de 1912, quand on a entendu parler jusqu'à Arkham d'étranges bruits souterrains dans les collines... Qu'est-ce qui a foulé le sommet des montagnes cette nuit de mai ? Quelle horreur surgie à la fête de la Croix s'est attachée au monde dans un être de chair et de sang à moitié humain ? »

Au cours des semaines qui suivirent, le docteur Armitage entreprit de rassembler toutes les informations connues sur Wilbur Whateley et les présences invisibles hantant les collines autour de Dunwich. Il prit contact avec le docteur Houghton d'Aylesbury, celui qui avait assisté à l'agonie du vieux Whateley, et les dernières paroles du grand-père que le médecin lui rapporta donnèrent beaucoup à penser au savant. Un voyage à Dunwich ne lui apprit pas grand-chose de neuf, mais une étude approfondie des passages du *Necronomicon* que Wilbur avait cherchés si fiévreusement lui fournit de nouveaux et effrayants indices quant à la nature, les méthodes et les desseins de ce mal inconnu qui semblait menacer notre planète. Des discussions avec plusieurs spécialistes du folklore archaïque à Boston, des échanges épistolaires avec beaucoup d'autres un peu partout dans le pays, apportèrent à Armitage toujours plus de révélations étonnantes. Peu à peu, après être passé par divers degrés d'inquiétude, s'éveilla en son esprit une crainte des plus réelles. Tandis que l'été s'écoulait, la nécessité d'agir contre la terreur rampante gîtant dans les hauteurs autour de la vallée de la Miskatonic et contre l'être monstrueux connu dans le monde des humains sous le nom de Wilbur Whateley commença à s'imposer dans l'esprit de l'universitaire.

VI

L'horreur à Dunwich proprement dite se manifesta entre la fête de la Moisson et l'équinoxe de 1928. Le docteur Armitage fut l'un des témoins de son abominable prologue. Il avait entre-temps eu vent de l'expédition ridicule de Whateley à Cambridge et de ses efforts frénétiques en vue d'obtenir auprès de la bibliothèque Widener le prêt du *Necronomicon*, ou du moins l'autorisation d'en recopier des extraits. Le solliciteur s'était démené en vain parce qu'Armitage avait prévenu contre lui et dans les termes les plus vifs tous les conservateurs ayant la garde de ce redoutable ouvrage. À Cambridge, Wilbur s'était montré extrêmement tendu, anxieux de pouvoir accéder au livre mais presque aussi impatient de retourner chez lui, comme s'il craignait les conséquences de son absence prolongée.

Début août se produisit la suite plus ou moins prévisible de ces événements : durant les premières heures du 3 de ce mois, Armitage fut arraché au sommeil par les cris furieux du féroce chien de garde lâché sur le campus. Profonds, épouvantables, les grondements, grognements et aboiements quasi déments se prolongèrent de manière toujours plus intense, même s'ils étaient entrecoupés de silences atrocement significatifs. Puis retentit un hurlement poussé par une gorge toute différente, un hurlement propre à réveiller tous les dormeurs d'Arkham et à hanter à tout jamais leurs rêves par la suite. Aucune créature terrestre – ou pleinement terrestre – n'aurait pu l'émettre.

Armitage s'habilla à la hâte, se précipita de l'autre côté de la rue et traversa la pelouse jusqu'aux bâtiments de l'université. Il remarqua alors que d'autres l'avaient devancé, et entendit les échos de la stridente alarme de sécurité qui retentissait encore dans la bibliothèque. Sous le clair de lune, il vit une fenêtre ouverte bâillant sur les ténèbres. L'intrus avait certes pénétré dans les lieux, car les aboiements et les hurlements, qui s'étaient à présent mués en grondements sourds et en gémissements, provenaient sans équivoque de l'intérieur. Armitage comprit instinctivement qu'on ne pouvait permettre à des yeux non avertis d'apercevoir ce qui se déroulait dans cette salle, aussi repoussa-t-il la foule avec autorité avant de déverrouiller la porte d'entrée. Parmi les personnes présentes, il remarqua le professeur Warren Rice et le docteur Francis Morgan, deux confrères à qui il avait fait part de certaines de ses hypothèses et inquiétudes ; il les invita du geste à l'accompagner à l'intérieur. Le bruit, mis à part la plainte monotone émise par le chien vigilant, avait à ce moment presque cessé, mais Armitage sursauta violemment quand il se rendit compte qu'un chœur retentissant d'engoulevents avait commencé à piailler d'une odieuse manière rythmée dans les buissons, comme à l'unisson des dernières exhalaisons d'un homme à l'agonie.

Une affreuse puanteur hélas bien connue du docteur Armitage planait dans le bâtiment. Les trois universitaires traversèrent le vaste hall au pas de course jusqu'à la petite salle de lecture dédiée aux généalogies d'où provenait le gémissement du chien. Pendant un instant, personne n'osa allumer la lumière, puis Armitage rassembla son courage et fit jouer l'interrupteur. L'un des trois compagnons – on ne sait trop lequel – cria à la vue de l'être allongé au milieu des tables déplacées et des chaises renversées. Le professeur Rice assure que, pendant une seconde, il perdit carrément conscience, même s'il ne vacilla pas ni ne s'effondra.

La créature étendue sur le flanc, repliée sur elle-même dans une mare fétide de sécrétion jaune verdâtre et de poix bitumineuse, mesurait près de deux mètres trois quarts ; le chien lui avait arraché tous ses habits et une partie de la peau. Elle n'était pas complètement morte, mais des spasmes silencieux la parcouraient tandis que sa poitrine se soulevait à l'unisson monstrueux des piaillements déments des engoulevents au-dehors. Des fragments de cuir provenant de ses chaussures et des morceaux de ses vêtements étaient éparpillés dans toute la pièce, et sous la fenêtre un sac de toile vide gisait là où, de toute évidence, l'intrus l'avait jeté. Près du bureau principal, un revolver était tombé par terre. Une cartouche cabossée mais non explosée devait indiquer plus tard pourquoi aucun coup de feu n'avait retenti. Mais c'était sur l'être lui-même, toutefois, que se focalisaient tous les regards. Ce serait un cliché inexact de le prétendre indescriptible selon les critères humains, pourtant on peut affirmer sans mentir que quiconque a des conceptions de l'aspect physique trop dépendantes des formes de vie communes sur notre planète et des trois dimensions connues risque de ne pas parvenir à le visualiser avec pertinence. La créature était partiellement humaine, sans aucun doute, munie de mains et d'une tête fort humaines ; et l'absence de menton sur la face caprine marquait l'ascendance Whateley. Mais le torse et la partie inférieure du corps présentaient un aspect digne des monstres les plus fabuleux. Il avait fallu une tenue élaborée pour lui permettre de fouler le sol de notre planète sans qu'on le combatte et qu'on l'élimine.

Son torse, sur lequel reposaient encore les pattes vigilantes du chien qui l'avait déchiqueté, restait plus ou moins anthropomorphe, même s'il était recouvert d'une peau épaisse et rugueuse rappelant celle du crocodile ou de l'alligator. Le dos tacheté de jaune et de noir suggérait vaguement la parure squameuse de certains serpents. Mais le pire se situait en dessous de la taille : là, toute apparence d'humanité laissait place au pur cauchemar. La peau était recouverte d'une épaisse fourrure noire, et une vingtaine de longs tentacules gris-vert terminés par des ventouses rouges pendaient mollement de l'abdomen.

Ces appendices étaient disposés bizarrement, suivant semblait-il, les symétries d'une géométrie cosmique inconnue sur Terre, voire dans le système solaire. Sur chaque hanche, très enfoncé dans une espèce d'orbite rosâtre frangée de cils, apparaissait ce qui avait l'allure d'un œil rudimentaire. À l'emplacement où aurait pu se trouver une queue pointait une sorte de trompe ou de tentacule constitué d'anneaux violets superposés, qui donnait l'impression de former une gorge ou une bouche ébauchées. Les membres inférieurs, mis à part leur fourrure noire, ressemblaient grossièrement aux pattes arrière des sauriens géants de l'époque préhistorique, et se terminaient par des coussinets aux veines saillantes, sans sabots ni griffes. À chaque respiration de la créature, la trompe et les tentacules changeaient de couleur, ce qui était sans doute une conséquence normale de la circulation de ce liquide verdâtre inhumain ; pour la « queue », ce phénomène se manifestait entre les anneaux mauves par une morbide alternance d'une teinte jaunâtre et d'une autre blanc grisâtre. Il n'y avait pas de sang à proprement parler, rien que cet infect liquide jaune-vert qui s'écoulait goutte à goutte sur le parquet peint au-delà de la zone couverte par la substance noire collante, y laissant une curieuse décoloration.

La présence des trois humains parut ranimer l'être mourant. Il se mit à marmonner sans toutefois tourner ni lever la tête. Le docteur Armitage ne transcrivit pas ce murmure, mais assure avec la plus grande fermeté qu'aucun mot anglais ne fut prononcé. Au début, les syllabes défièrent toute identification d'un quelconque langage terrestre, mais, vers la fin, se firent entendre quelques bribes décousues extraites sans aucun doute du *Necronomicon*, le monstrueux ouvrage blasphématoire dont la quête avait causé la mort du monstre. Armitage se rappelle quelque chose comme : « N'gai, n'gha'ghaa, bugg-shoggog, y'hah : Yog-Sothoth, Yog-Sothoth… » Ces balbutiements s'éteignirent tandis que les engoulevents intensifiaient leurs piaillements stridents selon un crescendo rythmique plein d'une impatience maléfique.

Puis la respiration haletante s'arrêta, et le chien leva la tête pour hurler longuement, lugubrement. Un changement apparut sur la face jaune et caprine de l'être prostré, les grands yeux noirs s'enfoncèrent d'une affreuse manière dans leurs orbites. De l'autre côté de la fenêtre, les cris des oiseaux avaient cessé d'un seul coup ; par-dessus la rumeur de la foule qui s'était rassemblée à l'extérieur, on entendit le son d'un envol tourbillonnant, paniqué. Un grand nuage de ces psychopompes ailés s'éleva, silhouetté par la lune, avant de disparaître dans la nuit. Les oiseaux poursuivaient frénétiquement leur proie.

Tout à coup, le chien se redressa sur ses pattes, poussa un aboiement effrayé, et bondit, tout agité, par la fenêtre qui lui avait livré passage dans le bâtiment. Un cri s'éleva de la foule, et le docteur Armitage vociféra à l'adresse des personnes à l'extérieur que nul ne devait entrer avant l'intervention de la police ou du médecin légiste. Il bénissait le ciel que les croisées fussent juste assez hautes pour empêcher les gens de voir à l'intérieur, et il tira avec soin les rideaux devant chacune d'elles. Quand il eut terminé, deux agents de police étaient arrivés ; le docteur Morgan alla à leur rencontre dans le couloir et, pour leur propre bien, leur déconseilla fortement d'entrer dans la salle de lecture imprégnée de l'odeur méphitique avant qu'un médecin ne fût venu recouvrir le corps sans vie de la créature.

Pendant ce temps, une métamorphose effroyable se produisait sur le sol. Inutile de décrire en détail la nature et la vitesse du recroquevillement puis de la désintégration qui eurent lieu sous les yeux du docteur Armitage et du professeur Rice. Mais il reste permis de supposer que, en dehors de l'apparence extérieure du visage et des mains, l'élément vraiment humain chez Wilbur Whateley devait avoir été des plus réduits. Quand le médecin légiste se présenta, il ne subsistait plus sur les lattes peintes qu'une masse blanchâtre et collante.

La puanteur monstrueuse s'était presque entièrement dissipée. Il semblait que Whateley n'ait eu ni crâne ni squelette osseux, du moins pas de manière véritable ou permanente. Il tenait de son père inconnu.

VII

Mais tout cela ne constitua que le prologue de la véritable horreur à Dunwich. Des fonctionnaires dépassés se chargèrent des formalités nécessaires ; on ne divulgua pas à la presse ou au public les détails anormaux, et on envoya à Dunwich et Aylesbury du personnel chargé d'inventorier la propriété et de prévenir de son décès les éventuels héritiers de feu Wilbur Whateley. Les agents trouvèrent la région plongée dans une grande agitation, d'une part parce que les grondements sous les collines en dôme n'avaient cessé de s'intensifier, d'autre part parce que l'affreuse puanteur et les bruits de déferlement liquide et de clapotis s'étaient eux aussi amplifiés dans la vaste coquille vide que formait la ferme barricadée des Whateley. Earl Sawyer, chargé de s'occuper du cheval et du bétail en l'absence de Wilbur, était à bout de nerfs. Les visiteurs administratifs inventèrent diverses excuses pour éviter de pénétrer dans la bâtisse puante et se contentèrent d'inspecter en une seule fois le logis du défunt et les remises récemment restaurées. Ils établirent un rapport volumineux à l'adresse du palais de justice d'Aylesbury. Il paraît que les litiges concernant la succession de Wilbur font toujours rage entre les innombrables Whateley, dégénérés ou non, de la haute vallée de la Miskatonic.

On découvrit sur l'antique bureau du propriétaire, écrit sur les pages d'un énorme livre de comptes, un manuscrit presque interminable rédigé dans un alphabet bizarre. En raison des variations qu'il présentait dans les encres utilisées et la maîtrise dans la formation des caractères, on estima qu'il s'agissait d'un journal, absolument indéchiffrable. Au bout d'une semaine de discussions, on l'envoya à l'université Miskatonic en même temps que les livres étranges du défunt, à fins d'étude et si possible de traduction ; mais les meilleurs linguistes eux-mêmes comprirent vite que le mystère ne serait pas facile à percer. À ce jour, on n'a trouvé aucune trace de l'or ancien avec lequel Wilbur et le vieux Whateley avaient toujours réglé leurs dettes.

C'est au plus noir de la nuit du 9 septembre que l'horreur survint. Ce soir-là, les bruits sous la montagne avaient retenti de manière particulièrement forte ; les chiens aboyèrent sans trêve toute la nuit. Les plus matinaux, le 10, remarquèrent une puanteur bizarre dans l'air. Vers 7 heures Luther Brown, un garçon qui travaillait chez George Corey – une ferme située entre la combe Aigues-Froides et le village –, revint en catastrophe avec les vaches de son trajet habituel du matin jusqu'à la pâture Quatre-Hectares. Il entra en trébuchant dans la cuisine, presque convulsé de peur.

Dehors, dans la cour, le troupeau tout aussi effaré grattait la terre en meuglant piteusement : les bêtes, saisies de la même panique, avaient suivi le gamin. Entre deux hoquets, Luther s'efforça de bredouiller ce qu'il avait vu à Mme Corey.

— Là-haut sur la route après la combe, m'dame Corey, y a quequ'chose qu'est passé ! Ça pue aussi fort qu'le tonnerre gronde, et tous les buissons et les p'tits arbres y sont r'poussés au bord d'la route qu'on croirait qu'on a déplacé une maison tout du long. Et c'est point ça l'pire ! Y a des marques sur la route, m'dame Corey, de grandes marques rondes grosses comme des barriques, profondes qu'on croirait un éléphant qu'était là, mais à voir c'est plus que quatre pattes qu'on fait ça ! J'ai regardé une ou deux avant que d'filer, j'ai vu qu'a-z-étaient toutes couvertes de lignes qui partaient du même coin, comme si que d'grandes feuilles de palme en éventail, deux ou trois fois plus grosses que tout c'qu'on connaît, a-z-avaient été enfoncées dans la route. Et l'odeur al faisait peur, qu'on croirait la celle autour d'la vieille maison du sorcier Whateley...

Là, le courage lui manqua et il trembla de nouveau, comme si l'effroi qui l'avait fait fuir jusqu'à la ferme lui revenait tout entier. Mme Corey ne put rien obtenir de plus de lui et entreprit de téléphoner aux voisins, faisant ainsi naître une panique digne des plus grandes terreurs collectives. Quand elle put joindre Sally Sawyer qui s'occupait du ménage chez Seth Bishop – la propriété la plus proche des Whateley –, ce fut son tour d'écouter les nouvelles au lieu de les donner : le fils de Sally, Chauncey, levé tôt à cause d'une mauvaise nuit, avait gravi la colline en direction de la ferme Whateley et était revenu au pas de course, épouvanté, après avoir jeté un coup d'œil au domaine et au pâturage où on avait laissé dehors pour la nuit les vaches de M. Bishop.

— Oui, m'dame Corey, disait la voix tremblante de Sally sur la ligne téléphonique collective du village, Chauncey y vient de rev'nir et y pouvait à peine parler tant l'avait peur ! Y dit qu'la vieille ferme Whateley al est toute cassée, avec des morceaux d'bois partout autour qu'on croirait qu'on l'a dynamitée de d'dans. Y reste que l'bas, mais c'est tout couvert d'une espèce de goudron qui pue affreux et qui goutte par les coins sur le par terre ousque les murs de bois y-z-ont essplosé. Et y a des marques terribles dans la cour, des grandes marques rondes plus grosses qu'un tonneau, et toutes collantes avec l'même goudron pareil comme sur la maison éclatée. Chauncey y dit qu'les marques al mènent dans les pâtures ousqu'y a un grand sentier d'herbe aplatie plus large qu'une étable et que tous les murets d'pierre y sont renversés n'importe comment partout où ça passe.

» Et y dit, m'dame Corey, y dit que l'a voulu aller voir les vaches de Seth, même tout affolé que l'était, et qu'y les a trouvées dans l'champ en haut pas loin d'la

Parcelle Saute-Diable et que c'était horrible. La moitié y en a pus, et presque la moitié de celles qui restent a-z-ont été comme vidées d'sang, avec des plaies dessus pareilles aux celles sur les vaches des Whateley depuis que l'noiraud d'Lavinia est né. Là, Seth l'est parti les voir, mais j'vous jure qu'y tient pas à aller trop près d'chez le sorcier Whateley ! Chauncey l'a pas trop regardé ousqu'allait l'grand sentier aplati après la pâture, mais y dit qu'y croit que ça partait vers la route de la combe vers l'village.

» Moi j'vous dis, m'dame Corey, y a quequ'chose dans l'coin qu'y devrait pas y être, et moi j'crois qu'ce noiraud d'Wilbur Whateley, même si l'a trouvé la méchante mort qu'y méritait, c'est à cause de lui tout ça. L'était pas ben humain lui-même, j'y ai t'jours dit. Et j'crois que lui et l'vieux Whateley y-z-ont élevé queuqu'chose en d'dans cette maison toute clouée qu'était même pas aussi humain que lui. Y a t'jours eu des choses qu'on voit pas autour de Dunwich, des choses vivantes qu'al sont pas humaines et pas bonnes pour les humains.

» La terre al jasait c'te nuit, et vers le matin Chauncey l'a entendu les engoulevents qui criaient si fort dans la combe Aigues-Froides qu'y pouvait pus dormir. Alors l'a cru ouïr un autre bruit pas fort vers chez l'sorcier Whateley, une espèce de bruit d'bois éclaté ou déchiré, qu'on aurait cru qu'on ouvrait loin une grosse boîte ou une caisse. Et ci et mi, l'a pas pu dormir du tout avant que l'soleil y s'lève, et à peine que l'était debout c'matin l'est allé chez les Whateley pour voir. Pour ça l'a vu, j'vous dis, m'dame Corey ! Ça peut pas être bon, et moi j'crois que les hommes y devraient se rassembler et s'bouger. Chuis sûre qu'y a queq'chose d'affreux et j'sens mon heure venue, même si Dieu seul y sait.

» Vot'Luther, l'a vu ousque les grosses marques al menaient ? Non ? Eh ben, m'dame Corey, si qu'al-z-étaient sur la route d'la combe de c'côté d'la combe, et si qu'al sont pas arrivées à vot'maison, j'gage qu'al doivent entrer dans la combe même. Pour sûr. J'ai t'jours dit qu'la combe Aigues-Froides c'est point un coin sain ou normal. Les engoulevents et les lucioles y s'y conduisent jamais comme des créatures de Dieu, et on dit qu'en bas là-d'dans on peut y ouïr des choses bizarres qu'al filent et qu'al parlent dans l'air si qu'on se tient ousqu'y faut, entre la tombée d'rocs et l'Antre de l'Ours.

À midi ce jour-là, plus de trois quarts des hommes et jeunes gens de Dunwich s'attroupèrent sur les routes et les pâturages entre les ruines toutes fraîches du domaine Whateley et la combe Aigues-Froides. Horrifiés, ils examinèrent les immenses empreintes monstrueuses, le bétail mutilé des Bishop, les étranges débris de la ferme et la végétation meurtrie et aplatie dans les champs et au bord de la route. Sans aucun doute, ce qui courait librement la région était descendu dans cette grande ravine sinistre, car tous les arbres situés au bord étaient pliés ou brisés. Une large avenue avait été taillée au milieu des broussailles qui pendaient dans le précipice. On aurait cru qu'une maison entière, précipitée par une avalanche, avait glissé jusqu'en bas à travers l'enchevêtrement de plantes poussant sur la pente presque verticale. Aucun son ne s'élevait du fond de ce précipice, mais on sentait une vague puanteur indéfinissable. Il ne faut pas s'étonner que les spectateurs présents aient préféré rester au bord du gouffre et discuter plutôt que descendre défier jusque dans son antre l'horreur cyclopéenne inconnue. Trois chiens qui accompagnaient la troupe avaient d'abord aboyé furieusement, mais, une fois au bord de la combe, ils parurent effrayés et se turent. Quelqu'un informa par téléphone l'*Aylesbury Transcript* de l'événement ; le rédacteur en chef, habitué à entendre des récits extravagants en provenance de Dunwich, se contenta d'écrire un petit article humoristique à ce sujet. L'Associated Press reprit sans tarder l'entrefilet.

Cette nuit-là, chacun rentra chez soi pour barricader aussi bien que possible sa demeure et son étable. Inutile de préciser qu'on ne laissa aucun troupeau dehors. Vers 2 heures, une puanteur abominable et les aboiements déchaînés de leurs chiens réveillèrent la maisonnée d'Elmer Frye, sur le bord est de la combe Aigues-Froides, et tous s'accordèrent pour dire qu'ils entendaient dehors une espèce de froissement étouffé ou de clapotis. Mme Frye suggéra de téléphoner aux voisins. Elmer était sur le point d'approuver quand un bruit de bois brisé interrompit la discussion. Semblant venir de l'étable, il fut rapidement suivi d'affreux cris et des bruits de piétinements du bétail. Les chiens épouvantés se tapirent aux pieds des membres de la famille paralysée par l'effroi. Frye, poussé par la force de l'habitude, alluma une lanterne, mais il savait qu'il trouverait la mort s'il sortait dans la cour noire. Les femmes et les enfants pleuraient ; un mystérieux instinct atavique de survie leur soufflait que leur vie dépendait de leur silence, aussi ne hurlèrent-ils pas. Finalement, les cris des bêtes dans l'étable se réduisirent à des gémissements pitoyables auxquels succédèrent de nombreux craquements et bris divers. Les Frye, blottis les uns contre les autres dans leur salon, n'osèrent pas bouger avant que les derniers échos se soient éteints tout au fond de la combe Aigues-Froides. Puis, au milieu des geignements atroces qui provenaient encore de l'étable et des piaillements démoniaques des derniers engoulevents dans la vallée, Selina Frye tituba jusqu'au téléphone et propagea le peu d'informations qu'elle avait. La seconde phase de l'horreur avait commencé.

Le jour suivant toute la région avait cédé à la panique. De petits groupes d'hommes craintifs et taciturnes vinrent examiner les endroits où la chose abominable était passée. Deux titanesques avenues de destruction s'étendaient depuis la combe jusqu'à la ferme Frye.

De monstrueuses empreintes recouvraient les portions de sol nu et un côté de la vieille étable rouge avait été complètement enfoncé. On ne put retrouver et identifier qu'un quart du bétail. Certaines bêtes étaient déchiquetées d'étrange manière et on dut achever toutes celles qui vivaient encore. Earl Sawyer suggéra qu'on demande de l'aide à Aylesbury ou à Arkham, mais d'autres assurèrent que cela ne servirait à rien. Le vieux Zebulon Whateley, qui appartenait à une branche de la famille oscillant entre santé mentale et dégénérescence, fit d'obscures et délirantes propositions dans lesquelles il était question de rites à pratiquer au sommet des collines. Issu d'une lignée où les traditions restaient vivaces, il conservait le souvenir de psalmodies au milieu des grands cercles de pierres levées qui étaient sans aucun rapport avec Wilbur ou son grand-père.

Le soir tomba sur une population abattue, trop passive pour organiser une véritable défense. Dans certains cas, quelques familles du même clan se rassemblèrent sous un unique toit pour surveiller les ténèbres nocturnes, mais d'une manière générale les gens se barricadèrent chez eux comme la nuit précédente et reproduisirent les mêmes gestes vains et inutiles consistant à charger d'antiques mousquets et à placer des fourches à portée de main. Toutefois, rien ne se produisit à part quelques grondements sous les collines ; quand le jour revint, beaucoup se prirent à espérer que cette nouvelle horreur eût disparu aussi vite qu'elle était venue. Certaines âmes hardies évoquèrent même l'éventualité d'une attaque de la combe, mais elles n'allèrent pas jusqu'à montrer l'exemple à la majorité encore réticente.

La nuit revenue, on se barricada de nouveau, mais il y eut moins de regroupements de familles. Le lendemain matin, les maisonnées Frye et Bishop rapportèrent toutes les deux que leurs chiens s'étaient agités et qu'elles avaient perçu de vagues sons et des relents nauséabonds lointains, tandis que des explorateurs matinaux remarquaient avec effroi de nouvelles empreintes monstrueuses sur la route contournant Sentinel Hill. Comme deux jours auparavant, les bords du chemin montraient une végétation meurtrie qui trahissait le volume prodigieusement énorme de l'horreur en marche, mais cette fois la disposition des empreintes évoquait un passage de la chose dans les deux sens, comme si la montagne mouvante était sortie de la combe Aigues-Froides pour y revenir par le même trajet. Au pied de la colline, une voie de dix mètres de large de buissons et d'arbustes écrasés montait en suivant la pente raide vers le sommet, et les témoins s'effarèrent de constater que la trajectoire inexorable ne déviait pas, même lorsqu'elle franchissait des parois abruptes. Quelle que fût la nature de cette abomination, elle pouvait escalader une falaise presque verticale. Quand on voulut approfondir la question et qu'on parvint au sommet de l'éminence par des routes plus sûres, on vit que la voie se terminait là, ou plutôt en repartait.

C'était là que les Whateley avaient coutume d'allumer leurs brasiers infernaux et d'accomplir leurs haïssables rituels à la nuit de Walpurgis et à la Toussaint, près de la pierre tabulaire. À présent, cette roche se retrouvait au centre d'un vaste espace piétiné par l'horreur titanesque, et, sur sa surface légèrement concave, s'étalait un épais dépôt puant de la substance collante et bitumineuse qu'on avait remarquée sur le sol de la ferme Whateley après l'évasion de la créature. Les hommes s'entre-regardèrent en marmonnant, puis observèrent le bas de la colline. Apparemment, le monstre l'avait redescendue en suivant presque le même trajet que lors de son ascension. Émettre des hypothèses était futile : la raison, la logique, les motifs imaginables ne correspondaient plus à rien. Seul le vieux Zebulon – qui n'accompagnait pas le groupe – aurait pu interpréter la situation ou suggérer une explication plausible.

La nuit du jeudi débuta comme les autres, mais se termina beaucoup plus mal. Dans la combe, les engoulevents avaient piaillé avec une insistance si inhabituelle que beaucoup d'habitants ne purent fermer l'œil, et vers 3 heures tous les téléphones de la ligne collective firent entendre leur sonnerie grêle. Ceux qui décrochèrent entendirent une voix folle d'épouvante s'écrier : « À l'aide, oh, Dieu !... » Certains eurent l'impression qu'un bruit d'écrasement suivit l'interruption de l'exclamation. Il n'y eut rien d'autre. Nul n'osa agir, personne ne sut avant le matin d'où provenait l'appel. Puis, ceux qui y avaient répondu entreprirent d'appeler tout le monde sur la ligne. Seuls les Frye ne purent être joints. La vérité se fit jour une heure plus tard, quand une troupe armée rassemblée en hâte s'aventura laborieusement jusqu'à la ferme Frye, à l'extrémité de la combe. L'horrible spectacle qu'ils découvrirent ne les surprit qu'à peine. On voyait de nouvelles traces, d'autres empreintes monstrueuses, mais plus de maison. Elle avait été écrasée comme une coquille d'œuf. On ne put rien retrouver de vivant ou de mort dans ses ruines, excepté une puanteur et la poix bitumineuse. Elmer Frye et sa famille avaient été éradiqués de Dunwich.

VIII

Pendant ce temps, une phase plus calme mais, d'un point de vue intellectuel, plus poignante des atrocités en cours s'était déroulée derrière les portes closes d'une pièce d'Arkham aux murs tapissés de livres. L'étrange manuscrit de Wilbur Whateley, sans doute son journal, adressé à l'université Miskatonic pour traduction, avait causé beaucoup de problèmes et suscité beaucoup d'étonnements chez les spécialistes en langues modernes comme chez ceux en langues anciennes. Son alphabet même, malgré une ressemblance de forme avec l'écriture arabe aux traits appuyés utilisée en Mésopotamie, se révélait complètement inconnu aux experts consultés. La conclusion des linguistes fut que le texte était écrit dans des caractères inventés pour former un cryptogramme; mais aucune des méthodes habituelles de déchiffrement ne semblait fonctionner puisqu'on lui avait appliqué sans succès chacune des langues que l'auteur était susceptible d'avoir utilisées comme base de son code. Les antiques ouvrages saisis chez Whateley, bien que passionnants et, pour plusieurs d'entre eux, prometteurs de nouvelles et terribles perspectives de recherches pour les philosophes et les hommes de science, n'apportèrent aucune aide sous ce rapport. L'un d'eux, un volume massif pourvu d'une fermeture en fer, se présentait dans un autre alphabet inconnu d'une sorte toute différente, évoquant le sanscrit plus qu'aucune autre langue. On confia finalement l'ancien livre de comptes aux soins exclusifs d'Armitage, parce qu'il s'intéressait de très près à cette affaire Whateley, était expert en linguistique, et possédait en outre une solide connaissance des traditions mystiques datant de l'Antiquité et du Moyen Âge.

Armitage avait l'intuition que ces signes correspondaient sans doute à un langage ésotérique employé par certains cultes interdits venus du fond des âges, ayant hérité beaucoup de leurs rites et de leurs traditions des sorciers sarrasins. Mais cette question ne lui paraissait pas essentielle, car identifier l'origine précise des symboles ne serait pas utile si, comme il le soupçonnait, ils servaient seulement de caractères de cryptage d'une langue moderne. Il pensait en effet, eu égard à l'important volume de texte concerné, que l'auteur ne se serait pas donné la peine d'écrire dans une autre langue que la sienne, sauf éventuellement pour noter des formules et incantations spéciales. En conséquence, il entreprit de déchiffrer le manuscrit en partant du principe que, pour l'essentiel, il était en anglais.

Après les échecs successifs de ses confrères, le docteur Armitage pressentait que l'énigme se révélerait de taille et des plus complexes. Il était donc inutile d'employer une méthode élémentaire de décryptage. Il passa toute la fin août à consolider ses connaissances en matière de cryptographie. Épuisant les ressources importantes de sa propre bibliothèque, il étudia nuit après nuit les arcanes de la *Polygraphie* de Trithème, le *De Furtivis Literarum Notis* de Giambattista della Porta, le *Traicté des chiffres* de Vigenère, le *Cryptomenysis Patefacta* de Falconer, les traités datant du XVIIIe siècle de Davy et Thicknesse, ainsi que ceux d'autorités modernes telles que Blair, van Marten et Klüber. Au fil de ses lectures, il se convainquit qu'il avait affaire à un chiffrage des plus subtils et ingénieux, dans lequel les différentes listes de lettres correspondant aux signes étaient disposées comme des tables de multiplication, et le message constitué à partir de mots clés arbitraires connus des seuls initiés. Les ouvrages anciens paraissaient mieux adaptés que les récents pour résoudre l'énigme, et Armitage en conclut que le code du manuscrit devait être l'un de ceux employés depuis la haute antiquité et transmis à n'en pas douter par une longue lignée d'expérimentateurs versés en sciences mystiques. Plusieurs fois il crut toucher la solution du doigt, mais dut reculer devant des obstacles imprévus. Et puis, alors que septembre approchait, les difficultés commencèrent à s'aplanir. Certains caractères employés dans des parties spécifiques de l'ouvrage firent sens de manière définitive, sans erreur possible ; ce premier déchiffrement vint confirmer que le texte était bien en anglais.

Le soir du 2 septembre, la dernière barrière notable céda, et le docteur Armitage lut pour la première fois un passage des annales de Wilbur Whateley dans son intégralité. Il s'agissait bien d'un journal, ainsi que tous l'avaient supposé, écrit dans un style qui témoignait du mélange d'érudition occulte et d'ignorance générale de son étrange auteur. Une des toutes premières entrées déchiffrées par Armitage, en date du 26 novembre 1916, se révéla hautement étonnante et inquiétante. L'universitaire n'oubliait pas qu'un enfant de trois ans et demi mais en paraissant douze ou treize l'avait rédigé.

« Aujourd'hui j'ai appris l'aklo pour le Sabaoth et je n'ai pas aimé, on ne peut avoir de réponse que de la colline et pas de l'air. Ça, là-haut, est plus en avance par rapport à moi que j'aurais cru, on dirait qu'il ne va pas avoir beaucoup de cerveau terrestre. J'ai abattu au pistolet Jack, le colley d'Elam Hutchin quand il a voulu me mordre, et Elam a dit qu'il me tuerait s'il osait. Je me dis qu'il ne fera rien. Grand-père m'a répété plusieurs fois la formule Dho la nuit dernière et je crois que j'ai vu la cité souterraine aux deux pôles magnétiques. J'irai à ces pôles quand la Terre sera nettoyée, si la formule Dho-Hna ne suffit pas à me faire accéder à l'autre monde quand je l'invoquerai. Ceux de l'air m'ont dit au Sabbat qu'il faudra des années avant que je puisse nettoyer la Terre et je suppose que grand-père sera mort à ce moment, alors je vais devoir apprendre tous les angles et les plans, toutes les formules entre Yr et Nhhngr. Ceux du dehors m'aideront, mais ils ne peuvent pas prendre corps sans du sang humain. Ça là-haut devrait avoir la sorte qu'il faut. Je peux le voir un peu quand je fais le geste des Voors ou souffle dessus la poudre d'Ibn Ghazi, et il ressemble à ceux de la nuit de Walpurgis sur la colline. L'autre face va peut-être s'estomper. Je me demande à quoi je ressemblerai quand la Terre sera nettoyée, sans plus aucun être vivant dessus. Celui qui est venu à l'appel aklo du Sabaoth a dit que je serais peut-être transfiguré parce qu'il y a beaucoup du dehors en moi. »

Le matin trouva le docteur Armitage couvert d'une froide sueur d'épouvante, plongé dans une intense et fiévreuse concentration. Il avait passé toute la nuit sur le manuscrit, assis à son bureau sous la lumière électrique, tournant de ses mains tremblantes page après page aussi vite que son déchiffrement le lui permettait. Il avait donné un coup de téléphone agité à sa femme pour l'avertir qu'il ne rentrerait pas ; elle lui apporta un petit déjeuner dont il put à peine avaler une bouchée. Il lut encore toute la journée, contraint parfois de s'arrêter quand il fallait réappliquer la clé compliquée de cryptage.

Ces ralentissements l'exaspéraient. On lui apporta à déjeuner et à dîner, mais il ne toucha presque pas aux plats. Vers le milieu de la nuit suivante il somnola sur sa chaise, épuisé, mais ne tarda pas à s'arracher à un sommeil peuplé de cauchemars confus presque aussi affreux que les menaces bien réelles mettant en danger l'existence de l'humanité qu'il avait mises au jour.

Le matin du 4 septembre, le professeur Rice et le docteur Morgan insistèrent pour voir leur confrère, et le quittèrent en tremblant, le teint gris comme cendre. Ce soir-là Armitage se coucha, mais eut un sommeil agité. Le lendemain mercredi il retourna travailler sur le manuscrit et entreprit de prendre d'abondantes notes, à partir des passages qu'il lisait à ce moment et de ceux qu'il avait déjà déchiffrés. La nuit suivante, il dormit quelques heures dans un fauteuil de son bureau, mais se remit au travail avant l'aube. Vers midi son médecin, le docteur Hartwell, vint lui rendre visite et l'exhorta à cesser son décryptage et à se reposer. Armitage refusa, laissant entendre que l'achèvement de ce travail revêtait une importance capitale et promettant de s'expliquer là-dessus le moment venu. Au crépuscule, il termina sa terrible lecture et s'écroula, fourbu. Sa femme, en lui apportant à dîner, le trouva à demi comateux. Toutefois, il était suffisamment conscient pour pousser un cri aigu d'alarme quand elle voulut jeter un coup d'œil aux notes qu'il avait prises : très faible, il se leva péniblement, rassembla ses documents griffonnés et les enferma dans une grande enveloppe qu'il glissa sur-le-champ dans la poche intérieure de sa veste. Il eut la force de rentrer chez lui, mais son état exigeait de toute évidence des soins, c'est pourquoi le docteur Hartwell fut appelé. Alors qu'il aidait son patient à se mettre au lit, ce dernier ne cessa de murmurer : « Mais, au nom de Dieu, que pouvons-nous faire ? »

Armitage dormit, puis passa une grande partie de la journée du lendemain dans un état de semi-délire. Il ne donna aucune explication à Hartwell mais, dans ses moments de lucidité, parlait de la nécessité impérative de s'entretenir longuement avec Rice et Morgan. Quand il divaguait, son discours avait vraiment de quoi surprendre ! Il implorait avec frénésie qu'on anéantisse un être mystérieux enfermé dans une ferme aux issues condamnées et faisait référence à une espèce de plan incroyable destiné à éradiquer de la surface de la Terre toute vie humaine, animale et végétale, ourdi par une effroyable et très ancienne race d'êtres issus d'une autre dimension. Il criait que le monde était en danger parce que les Anciens voulaient le dépouiller de toute vie puis l'arracher au système solaire et à l'univers physique, pour le transporter dans un autre plan d'existence ou une autre dimension d'où il avait autrefois chu, des trillions d'années auparavant. À d'autres moments, il demandait qu'on lui apporte cet épouvantable *Necronomicon* et la

Démonolâtrie de Nicolas Rémy, où il paraissait espérer trouver quelque formule permettant d'écarter le péril dont il parlait.

« Arrêtez-les, arrêtez-les ! s'exclamait-il. Ces Whateley avaient l'intention de les faire venir, et le pire d'entre eux reste ! Dites à Rice et à Morgan que nous devons agir... ce sera à l'aveuglette, mais je sais comment fabriquer la poudre... La chose n'a plus été nourrie depuis le 2 août, quand Wilbur a trouvé la mort en se rendant ici, et à ce compte-là... »

En dépit de ses soixante-treize ans, Armitage était robuste. La nuit suivante, le sommeil acheva de le guérir sans qu'il développe vraiment de fièvre. Il s'éveilla tard le vendredi, l'esprit clair mais accablé d'une crainte dévorante et du sentiment écrasant qu'il était de sa responsabilité d'agir. Dans l'après-midi du samedi, il se sentit en état de retourner à la bibliothèque et d'y convoquer Rice et Morgan pour discuter avec eux ; les trois hommes consacrèrent la fin de la journée, puis la soirée, à échafauder les conjectures les plus extravagantes et à se perdre en débats désespérés. D'étranges et terribles ouvrages furent tirés des bibliothèques et des coffres où ils étaient précieusement gardés ; on recopia avec une hâte fébrile une abondance extrême de diagrammes et de formules. Le temps n'était plus au scepticisme ! Tous trois avaient vu le corps de Wilbur Whateley étendu sur le sol dans ce même bâtiment, et après une telle expérience aucun des érudits ne se sentait le moins du monde enclin à considérer son journal comme les divagations d'un dément.

Les avis divergeaient quant à la question d'avertir ou non la police de l'État du Massachusetts, et on décida en fin de compte de s'abstenir. Certains des éléments en cause, tout simplement, n'avaient aucune chance d'être acceptés par quiconque n'en avait pas été directement témoin – l'enquête qui fut menée après les faits confirma d'ailleurs sans équivoque cette idée. La réunion prit fin au cœur de la nuit ; les participants se séparèrent sans avoir établi de plan bien arrêté, mais Armitage passa tout son dimanche à comparer des formules et à mélanger divers produits chimiques qu'il s'était procurés dans le laboratoire de l'université. Plus il réfléchissait à ce journal démoniaque, plus il doutait de l'efficacité d'un quelconque moyen matériel pour éliminer l'entité que Wilbur Whateley avait laissée derrière lui – cette entité qui menaçait le monde et qui, sans que le docteur le sût, s'apprêtait à se manifester d'une manière si brutale comme l'inoubliable horreur à Dunwich.

Le lundi se déroula comme la veille pour Armitage. Sa tâche exigeait d'infinies recherches et expérimentations. Diverses vérifications dans le monstrueux journal de Wilbur Whateley entraînèrent des ajustements au plan d'origine. Pour autant, le docteur savait que, jusqu'à la fin, demeurerait une part d'incertitude. Le jour suivant, mardi, il dressa une liste précise d'actions à entreprendre, et envisagea de tenter une expédition à Dunwich dans la semaine. C'est alors que, le mercredi, parvint la terrible nouvelle : un entrefilet facétieux glissé dans l'*Arkham Advertiser* et relayé par l'Associated Press mettait en cause le whisky de contrebande fabriqué à Dunwich, qui avait cette fois fait sortir des limbes un monstre prodigieux. Armitage, à moitié assommé, eut tout juste la force de téléphoner à Rice et à Morgan. Ils discutèrent jusque tard dans la nuit et consacrèrent le lendemain à des préparatifs éclairs. Armitage se rendait bien compte que ses compagnons et lui s'apprêtaient à réveiller d'abominables pouvoirs, mais aussi qu'il n'existait pas d'autre moyen d'annuler les manœuvres plus élaborées et maléfiques initiées par d'autres.

IX

Le vendredi matin, Armitage, Rice et Morgan partirent en voiture pour Dunwich où ils arrivèrent vers 13 heures. La journée était belle, pourtant, même si le soleil brillait, une sorte d'épouvante silencieuse et de mauvais augure semblait planer sur les collines à la forme étonnante de dôme et les profonds ravins ombreux de la malheureuse contrée. De temps à autre, au sommet de certains monts, se silhouettait contre le ciel un sinistre cercle de pierres. En voyant l'expression d'effroi muet des clients de l'épicerie d'Osborn, les voyageurs surent que quelque chose de terrible s'était produit. Ils ne tardèrent pas à apprendre l'anéantissement de la ferme et de la maisonnée d'Elmer Frye. Ils passèrent l'après-midi à parcourir Dunwich en interrogeant les habitants sur ce qui s'était passé, et visitèrent avec un sentiment d'horreur croissante les affreuses ruines du domaine Frye. Ils virent les flaques de poix bitumineuse, les abominables empreintes dans la cour, puis le bétail blessé de Seth Bishop et, un peu partout, les énormes amas de végétation arrachée et piétinée. La large piste qui gravissait et descendait Sentinel Hill parut pour Armitage porter une signification presque cataclysmique. Il regarda longtemps la sinistre pierre tabulaire, semblable à un autel, au sommet de l'éminence.

Enfin les trois savants, informés que des agents de la police de l'État étaient venus d'Aylesbury le matin même après avoir été avertis par téléphone de la tragédie survenue chez les Frye, décidèrent d'aller à leur rencontre pour, autant qu'il était possible, discuter avec eux de la situation. Mais la chose s'avéra plus facile à dire qu'à faire, parce que les policiers demeurèrent introuvables. Ils étaient arrivés à cinq dans une voiture encore garée près des ruines du domaine Frye. Les habitants de Dunwich qui avaient parlé aux agents parurent tout d'abord aussi étonnés qu'Armitage et ses compagnons, mais, soudain, le vieux Sam Hutchins repensa à quelque chose et blêmit. Il donna un coup de coude à Fred Farr en montrant du doigt l'abîme humide et profond qui béait non loin de là.

— Pardieu, hoqueta-t-il, j'y leur avais dit d'point descendre dans la combe, et j'aurais jamais cru qu'y-z-iraient avec les traces et l'odeur et les engoulevents qui piaillent au fond dans l'noir alors qu'y fait jour…

Un frisson glacé parcourut l'échine des autochtones comme celle des étrangers, et tous tendirent instinctivement l'oreille. Armitage, à présent qu'il était de fait proche de l'horreur et de ses monstrueux agissements, tremblait à l'idée de la responsabilité qui, estimait-il, lui incombait. La nuit tomberait bientôt, et avec elle viendrait le moment où ce blasphème titanesque reprenait ses courses surnaturelles. *Negotium perambulans in tenebris...* Le vieux savant se répéta la formule qu'il avait mémorisée et serra dans son poing le papier sur lequel il en avait inscrit une autre de secours qu'il n'avait pas apprise par cœur. Puis il vérifia que sa lampe de poche fonctionnait bien. Rice, à côté de lui, sortit d'une valise un pulvérisateur en métal, comme ceux qu'on utilise contre les insectes, et Morgan se munit du fusil à gros gibier dont il comptait bien se servir, même si ses confrères l'avaient averti qu'aucune arme matérielle ne serait d'une aide quelconque.

Après avoir lu l'atroce journal de Wilbur Whateley, Armitage savait bien – hélas – à quelle sorte de manifestation s'attendre, mais il refusait d'ajouter à l'épouvante des gens de Dunwich en leur donnant tel ou tel indice. Il espérait réussir à vaincre l'être épouvantable sans devoir révéler au monde à quel abominable destin il avait échappé. En voyant les ombres s'épaissir, l'assemblée commença à se disperser ; chacun avait hâte de se barricader chez soi malgré l'inutilité criante des verrous et serrures devant une force capable de plier les arbres et d'écraser les maisons selon son envie. Les autochtones secouèrent la tête en entendant les visiteurs exprimer leur intention de monter la garde dans les ruines de la maison

Frye, près de la combe. En les quittant, ils pensaient ne plus jamais les revoir.

On entendit la terre gronder sous les collines cette nuit-là, et les engoulevents piailler leurs menaces. De temps en temps, une brise en provenance de la combe Aigues-Froides apportait une bouffée de puanteur indescriptible dans l'air nocturne chargé d'humidité. Cette odeur, les trois observateurs l'avaient déjà sentie une fois, tout près d'un être à l'agonie qui s'était fait passer pour humain pendant plus de quinze ans. Mais l'horreur attendue ne se montra pas. Quoi qu'il y eût en bas, dans cette combe, cela prenait son temps… Armitage dit à ses confrères qu'il serait suicidaire de tenter une attaque dans le noir.

Le petit matin vint, blême, et les bruits nocturnes s'apaisèrent. C'était un jour morne et gris, avec des ondées sporadiques. Des nuages de plus en plus noirs semblaient s'amasser au-delà des collines, vers le nord-ouest. Les universitaires venus d'Arkham ne savaient trop quoi faire. Après avoir cherché sous un des rares hangars encore debout du domaine Frye un abri contre la pluie de plus en plus forte, ils débattirent de la sagesse d'attendre ou au contraire de tenter une offensive en descendant dans la combe en quête de leur proie innommable et monstrueuse. Le déluge redoubla et de lointains coups de tonnerre résonnèrent à l'horizon. Des éclairs faisaient scintiller le rideau de pluie par intermittence, puis soudain un trait de foudre zigzaguant illumina le paysage tout près, comme s'il avait frappé le gouffre maudit. Le ciel s'assombrit terriblement après cela. Les trois compagnons espérèrent que la tempête ne durerait pas et que le temps reviendrait au beau.

Mais il faisait toujours aussi affreusement sombre quand, environ une heure plus tard, les échos confus de voix leur parvinrent de la route. Quelques instants plus tard, ils virent arriver en courant une bonne dizaine d'hommes apeurés qui criaient. Certains même geignaient, frappés d'hystérie. L'un d'eux, en tête de la troupe, commença à bredouiller entre deux sanglots, et les visiteurs eurent un violent sursaut lorsqu'il réussit enfin à s'exprimer de manière cohérente :

— Oh mon Dieu, mon Dieu ! hoqueta-t-il. Y r'vient, y r'vient en plein jour ! L'est remonté et y bouge. Le Seigneur seul sait quand y sera sur nous autres !

Celui qui avait parlé se tut, haletant, mais un autre prit la suite :

— Y a bientôt une heure Zeb Whateley l'a ouï l'téléphone qui sonnait, et c'était m'dame Corey, la femme à Georges qui vit près d'la fourche. Al dit qu'leur garçon de ferme, Luther, y ramenait les vaches à cause d'la tempête, après le gros éclair, et que l'a vu tous les troncs pliés à l'orée d'la combe – de l'autre côté par rapport à ici – et que l'a senti la même puanteur affreuse comme quand qu'y avait trouvé les grandes traces au matin d'lundi. Et al dit qu'y dit qu'y avait comme un bruit de quequ'chose qui frotte et qui clapote, ben plus fort et différent que c'que pouvaient faire les arbres et les buissons, et pis que tout soudain le long d'la route les plantes se sont mises à être poussées su'l'côté, et qu'ça piétinait et qu'ça éclaboussait dans la boue, quequ'chose de terrible. Mais attendez ! Luther l'a rien vu du tout, juste les troncs et les broussailles qui se pliaient.

» Et pis par-devant, là ousque le ru Bishop y passe sous la route, l'a entendu l'pont qui craquait, comme prêt à céder, ça f'sait peur, et y dit que l'bois dessus y commençait à se fendre, l'a ben ouï. Et tout c'temps l'a pas rien vu du tout, juste les arbres et les buissons qui s'pliaient. Et alors le bruit d'glissement l'est parti loin, par la route, vers chez l'sorcier Whateley et Sentinel Hill, et Luther l'a eu l'cœur d'avancer pour regarder par terre là ousqu'y avait eu d'abord tout l'fracas. C'était plein d'eau et d'boue, y f'sait noir, la pluie al effaçait tout à toute vitesse… Mais à partir d'l'orée d'la combe, là où les arbres y-z-avaient bougé, on voyait ces méchantes empreintes grosses comme des barriques, les mêmes qu'celles de lundi.

Celui qui avait parlé en premier coupa alors la parole à son voisin :

— Mais c'est même pu ça l'problème, c'était que l'début ! Zeb, là, il a app'lé tout l'monde et tout l'monde écoutait quand y a eu un appel d'Seth Bishop. Sa ménagère, Sally, al criait comme si qu'on l'égorgeait, al venait d'voir les troncs qui commençaient à plier à côté d'la route et al disait qu'y avait comme un bruit d'écrasement, comme si qu'un éléphant y soufflait et y se traînait sur la route vers la maison. Et pis tout soudain al a parlé d'une odeur affreuse et al a dit qu'son garçon Chauncey y hurlait comme quoi c'était tout juste pareil à quoi l'avait senti lundi matin vers les ruines Whateley. Et les chiens y-z-aboyaient et geignaient queque'chose de terrible.

» Alors al a poussé l'cri le plus atroce et al a dit qu'la grange plus loin sur la route al venait d's'écrouler comme si que la tempête al l'avait abattue, sauf que l'vent l'était pas assez fort pour y faire ça. Tout le monde sur la ligne écoutait, on en entendait beaucoup qu'y-z-avaient des hoquets. Et tout soudain Sally al a crié encore, al a dit qu'la barrière de bois devant al venait juste de tomber mais sans qu'y ait pas aucun signe de quoi qu'y avait fait ça. Alors tout le monde sur la ligne l'a ouï Chauncey et le vieux Bishop qu'y-z-hurlaient aussi, et Sally al beuglait que queque'chose d'lourd l'avait frappé la maison. Pas la foudre ni pas autre chose, mais un machin lourd contre l'devant, qui se jetait d'ssus encore et encore alors qu'on y voyait pas rien par les fenêtres. Et pis, et pis… (L'effroi creusait chaque visage. Armitage, bouleversé, eut à peine la force d'encourager celui qui parlait à continuer.)

Et pis... Sally al a encore crié: "Aidez-nous, la maison al s'écroule!" Alors sur la ligne on a tous ouï un affreux gros bruit et tout un troupeau d'cris... Tout juste comme quand la ferme Frye est tombée, mais ben pis encore...

L'homme se tut et un autre prit le relais.

— Et c'est tout. Rien comme bruit ou cri dans l'téléphone après ça. Le silence. Nous qu'on avait ouï on a sorti les voitures et les carrioles et on a rassemblé autant d'gars qu'on a pu – chez Corey –, et on est v'nus ici pour voir ce que vous pensez qu'y faut faire. Mais moi j'crois que c'est le jugement de not'Seigneur pour nos iniquités et qu'aucun mortel y peut pas l'éloigner.

Armitage comprit que le temps était venu d'agir et s'adressa d'un ton décidé au groupe chancelant de campagnards épouvantés:

— Nous devons suivre ce monstre, mes amis. (Il tâcha de donner à sa voix les inflexions les plus rassurantes possibles.) Je pense que nous avons une chance de mettre fin à ses agissements. Vous savez que les Whateley étaient des sorciers, eh bien cet être a été créé par sorcellerie et on doit l'abattre par les mêmes moyens. J'ai lu le journal de Wilbur Whateley et certains des bizarres vieux livres qu'il utilisait, et je crois savoir quel type de sort réciter pour faire disparaître cette chose. Bien sûr, on n'a aucune garantie, mais on peut toujours tenter notre chance! C'est invisible – cela, je m'y attendais – mais dans ce pulvérisateur à long jet nous avons placé une poudre qui pourrait révéler un instant son aspect. Nous l'essaierons plus tard. Je sais, c'est terrible que cet être soit vivant parmi nous, mais si Wilbur avait vécu il aurait fait venir bien pire encore en ce monde ! Vous ne saurez jamais à quoi notre Terre a échappé. Là, nous n'avons qu'un monstre à combattre et il ne peut pas se multiplier... mais il est en mesure de faire beaucoup de mal, aussi ne devons-nous pas hésiter à en débarrasser la communauté.

» Nous allons suivre ses traces, donc, et il nous faudra commencer par l'endroit qu'il vient tout juste de ravager. Que l'un d'entre vous nous indique la route à suivre. Je ne connais pas très bien vos chemins mais je me dis qu'il doit exister un raccourci à travers champs. Par où faut-il passer ?

Pendant quelques instants, les hommes rechignèrent à répondre, puis Earl Sawyer, pointant un doigt sale sous la pluie qui diminuait régulièrement, déclara à mi-voix :

— J'crois que le plus rapide pour aller chez Seth Bishop, ce serait d'couper par la pâture basse là, d'traverser le ruisseau à gué tout en bas et pis d'regrimper par le pré d'Carrier et la coupe de bois après. On arrive sur la route par au-dessus tout près d'la maison, de l'autre côté.

Armitage, accompagné de Rice et de Morgan, partit dans la direction indiquée, et la plupart des hommes suivirent d'un pas lent. Le ciel s'éclaircissait, il semblait que la tempête ait épuisé sa force. À un moment, le docteur se trompa de chemin ; Joe Osborn le héla et prit la tête du groupe pour montrer le bon. Le courage et la confiance revenaient même si le moral de tous fut sévèrement mis à l'épreuve lorsqu'ils durent gravir à la fin du raccourci, dans une semi-obscurité, une pente presque verticale au milieu de très anciens arbres, qui les obligea à progresser comme sur une échelle. Finalement, ils débouchèrent sur une route boueuse et virent le soleil apparaître derrière les nuages. Ils se trouvaient un peu au-dessus de la maison de Seth Bishop, mais les troncs pliés et les empreintes hideusement reconnaissables montraient quel monstre était passé là. La petite troupe ne consacra que quelques instants à inspecter les ruines juste après le virage : la tragédie des Frye s'était répétée. Aucun être vivant – ni mort – ne fut retrouvé dans les coquilles effondrées qui avaient constitué le corps de ferme et la grange. Personne n'avait envie de s'attarder au milieu de cette puanteur et des flaques de poix bitumineuse, et chacun se tourna d'instinct vers les terribles empreintes qui se dirigeaient vers le domaine ravagé des Whateley, puis vers les pentes de Sentinel Hill au sommet desquelles trônait la pierre-autel.

En passant près de la demeure de Wilbur Whateley, les hommes frémirent visiblement, et une certaine hésitation parut de nouveau altérer leur détermination. Ce n'était pas rien, de traquer une créature invisible de la taille d'une maison, et aussi malfaisante qu'un démon ! Au pied de Sentinel Hill, les empreintes quittaient la route ; on remarquait un écrasement tout frais de la végétation le long de la piste grossière que le monstre avait tracée en allant puis en revenant du sommet.

Armitage sortit une longue-vue d'un très fort grossissement et l'utilisa pour examiner l'abrupt flanc verdoyant de la colline. Puis il tendit l'instrument à Morgan dont la vue était plus perçante. Après quelques instants de scrutation, le savant poussa un cri bref et passa la lunette à Earl Sawyer en lui indiquant du doigt un point bien précis sur la colline. Sawyer, peu habitué aux instruments optiques, tâtonna d'abord gauchement, mais, grâce à l'aide d'Armitage, finit par ajuster les lentilles. Il poussa alors une exclamation beaucoup moins discrète que celle de Morgan :

— Par le Seigneur Tout-Puissant, l'herbe et les broussailles al bougent ! Ça monte tout doucement, ça rampe vers l'sommet, le Ciel seul sait pour quoi y faire !

C'est alors qu'un vent de panique parut souffler sur l'expédition. C'était une chose de pourchasser une entité sans nom, et une autre de la trouver. Les sorts, oui, peut-être fonctionneraient-ils… mais dans le cas contraire ? Quelques voix s'élevèrent pour demander à Armitage ce qu'il savait au juste de la créature, et aucune des réponses du docteur ne parut donner entière satisfaction. Chacun se sentait trop proche des mystères de la Nature, de ses éléments radicalement interdits, hors de toute expérience humaine acceptable.

X

Finalement, les trois visiteurs d'Arkham – le vieux docteur Armitage à la barbe blanche, le trapu et grisonnant professeur Rice, le jeune et mince docteur Morgan – entreprirent seuls l'ascension de la montagne. Après avoir patiemment expliqué comment régler et utiliser la longue-vue, ils la laissèrent aux mains du groupe apeuré resté sur la route. Tandis qu'ils grimpaient, ils furent observés de près par les campagnards qui, à tour de rôle, se passaient l'instrument. La pente était raide, il fallut plus d'une fois aider le docteur Armitage. Plus haut au-dessus des trois hommes qui avançaient avec peine, la large piste tremblait comme le monstre qui l'avait tracée au départ, y repassait avec la lenteur opiniâtre d'un escargot. Il devint alors évident que les poursuivants gagnaient du terrain.

C'est Curtis Whateley – de la branche saine de la famille – qui tenait l'instrument quand les savants venus d'Arkham déviérent complètement de la piste infernale. Il expliqua au reste du groupe que, de toute évidence, les étrangers tâchaient de gagner un pic secondaire qui surplombait le chemin que la créature suivait, situé très en avant du point où la végétation ployait actuellement sous le poids du monstre. Il avait raison ; les trois hommes parurent atteindre l'éminence peu de temps avant que l'entité invisible passe en dessous.

Puis Wesley Corey, qui avait pris la longue-vue, s'écria qu'Armitage réglait le pulvérisateur porté par Rice et qu'il allait sûrement se passer quelque chose. Le groupe, inquiet, s'agita un peu. Chacun se rappelait que cet appareil devait permettre de voir un instant l'horreur invisible. Deux ou trois hommes fermèrent les yeux, mais Curtis Whateley arracha la lunette à Corey et scruta la colline avec intensité. Il comprit que, en raison de leur position à la fois au-dessus et un peu en arrière du monstre, les étrangers d'Arkham avaient toutes les chances d'obtenir d'excellents résultats avec leur étonnante poudre.

Ceux qui ne disposaient pas d'adjuvant optique virent seulement, près du sommet de la montagne, une nuée grise fugitive, de la taille d'une belle maison. Mais Curtis, qui tenait alors l'instrument, poussa un hurlement perçant et le laissa choir dans la boue de la route qui montait jusqu'aux chevilles. L'homme tituba et se serait effondré si deux ou trois autres ne l'avaient retenu. Il ne pouvait que gémir des paroles presque inaudibles :

— Oh, par Dieu… ça… ça…

Un tumulte de questions s'ensuivit aussitôt. Seul Henry Wheeler eut la présence d'esprit de ramasser la longue-vue et de l'essuyer. Curtis arrivait à peine à former ses mots, une réponse claire lui semblait impossible.

— Plus gros qu'une grange… tout fait d'cordes qui grouillent… un truc comme une coque d'la forme d'un œuf d'poule plus gros qu'n'importe quoi avec des dizaines de pattes comme des barriques qui s'écrasent à moitié quand que ça marche… rien de solide là-d'dans, tout comme d'la gelée, et fabriqué avec des cordages collés ensemble qui s'tortillent… des gros yeux tout partout par là-d'ssus… dix ou vingt bouches ou ben des trompes qui ressortent par tous les côtés, grosses comme des tuyaux d'cheminée et qui s'ouvrent et qui se ferment… gris, tout ça, avec des espèces d'anneaux bleus ou mauves… et par le Seigneur en haut des cieux, cette moitié d'face au sommet !…

Cette dernière image, quelle qu'elle fût au juste, se révéla trop bouleversante pour le malheureux Curtis qui perdit complètement conscience sans rien pouvoir ajouter. Fred Farr et Will Hutchins le portèrent sur le bas-côté de la route et l'allongèrent dans l'herbe humide. Henry Wheeler, tout tremblant, tourna la longue-vue vers la montagne pour voir ce qu'il pourrait. Il distingua trois minuscules silhouettes qui semblaient courir vers le sommet aussi vite que le permettait la rude montée. Il n'y avait qu'elles ! Et puis tous les hommes remarquèrent qu'un étrange bruit, incongru en cette saison, retentissait dans la vallée profonde derrière eux, et même dans les sous-bois de Sentinel Hill. Il s'agissait du piaillement d'innombrables engoulevents ; dans leur chœur strident semblait se tapir une pointe de tension et d'impatience malveillante.

Earl Sawyer s'empara alors de l'instrument optique. Il indiqua que les trois silhouettes se tenaient sur la crête, à l'endroit le plus élevé, situé pratiquement à la même hauteur que la pierre-autel mais assez loin d'elle. L'un des savants, ajouta-t-il, levait apparemment les mains au-dessus de la tête selon un rythme régulier. En même temps que Sawyer donnait cette information, le groupe crut entendre au loin les faibles échos d'un son à demi musical, comme si une psalmodie chantée très fort accompagnait les gestes. Cette vision étrange d'une silhouette gesticulant au sommet d'un pic devait constituer un spectacle à la fois très impressionnant et grotesque, mais aucun des témoins n'était d'humeur à émettre une appréciation esthétique.

— J'crois qu'y prononce le sort, chuchota Wheeler en reprenant le télescope d'un geste brusque.

Les engoulevents piaillaient sans retenue, sur un rythme étonnant dont l'irrégularité n'avait, semblait-il, rien à voir avec celle du rituel.

Soudain, la lumière du soleil parut diminuer sans qu'aucun nuage n'en soit responsable. Le phénomène était des plus curieux et tous s'en étonnèrent. Un grondement semblait couver sous les collines, bizarrement mêlé à un autre avec lequel il s'accordait, et qui provenait sans équivoque du ciel. Des éclairs brillèrent dans les airs, et les paysans perplexes cherchèrent en vain des indices de tempête. Par ailleurs, le doute n'était plus permis : les visiteurs d'Arkham psalmodiaient des formules rituelles. Wheeler, dans la lunette, les vit tous lever les bras en rythme avec l'incantation. Dans une ferme, au loin, des chiens aboyèrent furieusement.

L'altération de la clarté du jour s'intensifia ; chacun, ébahi, observa l'horizon : une obscurité mauve provoquée simplement par l'assombrissement spectral du bleu céleste pesait sur les collines grondantes. Puis de nouveaux éclairs illuminèrent le ciel, plus brillants que les précédents, et les témoins eurent l'impression que, tout là-haut, une espèce de brume s'était formée autour de la pierre-autel. Mais personne, à cet instant, ne regardait dans la longue-vue. Les engoulevents persistaient dans leurs cris au tempo irrégulier, et les hommes de Dunwich se crispèrent devant la menace indéterminée qui semblait saturer l'atmosphère.

Sans avertissement se fit alors entendre le son d'une voix profonde, brisée, rauque, qui resterait à tout jamais gravée dans la mémoire des témoins frappés de stupeur. Aucune gorge humaine n'avait pu le produire, car les organes vocaux de l'humanité sont incapables d'émettre ce genre de perversion acoustique. On aurait plutôt dit ce bruit surgi de la combe si sa source n'avait si indéniablement été la pierre-autel tout en haut. En fait, il est presque impropre de parler de « bruit » dans la mesure où l'épouvantable timbre infrasonique s'adressait à des régions obscures de la conscience et de la terreur bien plus subtiles que la simple ouïe ; pourtant il le faut bien, dans la mesure où le phénomène prit la forme indiscutable bien qu'imprécise de mots semi-articulés. Le son était retentissant, autant que les grondements souterrains et le tonnerre aérien auxquels il faisait écho, mais ne provenait d'aucun être visible. Et, parce que l'imagination suggérait qu'il avait pour origine la créature invisible, la petite troupe blottie au pied de la colline se serra un peu plus. Chaque visage se tendit comme dans l'attente d'un coup.

« Ygnaiih... ygnaiih... thflthkh'ngha... Yog-Sothoth..., résonnait le son hideux issu du vide. Y'bthnk... h'ehye, n'grkdl'lh... »

Le besoin de s'exprimer parut alors vaciller, comme si un abominable conflit psychique avait lieu. Henry Wheeler colla son œil à la longue-vue, mais ne vit que les trois silhouettes humaines qui se détachaient de façon grotesque sur le sommet. Elles agitaient furieusement les bras en effectuant des gestes bizarres, tandis que leur incantation approchait de son apogée. Dans quels puits noirs de sentiments ou de craintes dignes de l'Achéron, dans quels gouffres inexplorés de conscience extra-cosmique ou d'obscure hérédité longtemps restée en sommeil ces croassements de tonnerre semi-articulés puisaient-ils ? À cet instant, ils parurent reprendre de la force, de la cohérence et s'élevèrent en une absolue, totale et ultime frénésie.

« Eh-y-ya-ya-yahaah, e'yayyaaaa… ngh'aaaaa… ngh'aaa… h'yuh… h'yuh… AIDE-MOI !… ppp… PÈRE ! PÈRE ! YOG-SOTHOTH !… »

Il n'y eut rien d'autre. Les témoins blêmes de l'événement, vacillant encore sous le choc des syllabes compréhensibles qui avaient jailli, rauques et tonnantes, de l'impossible espace vide près de l'ignoble pierre-autel, ne devaient plus jamais les entendre. Mais ils sursautèrent violemment à l'effroyable bruit d'explosion qui parut alors retentir dans les sommets : un assourdissant et cataclysmique fracas dont personne ne put identifier la source – qu'il s'agisse du ciel ou du tréfonds de la terre. Le ciel violet envoya un unique éclair qui vint frapper la pierre maudite, et un raz-de-marée de force aveugle accompagnée d'une puanteur indescriptible balaya les flancs de la colline, puis toute la contrée environnante.

Arbres, herbes et buissons en furent cinglés avec fureur, et les hommes du groupe épouvanté au pied de la colline, affaiblis par la pestilence qui faillit les asphyxier, tombèrent presque à la renverse. Des chiens, au loin, hurlèrent, et la verdure prit une curieuse teinte jaune-gris malsaine ; les champs et les forêts se retrouvèrent soudain jonchés d'engoulevents morts.

L'affreuse odeur se dissipa rapidement, mais la végétation n'allait jamais retrouver sa pleine vigueur. Aujourd'hui encore, il y a quelque chose d'étrange et d'inquiétant dans les plantes qui poussent sur cette affreuse éminence et aux alentours. Curtis Whateley venait à peine de reprendre conscience lorsque les étrangers venus d'Arkham achevèrent de descendre lentement la colline sous les rayons d'un soleil de nouveau brillant et pur. L'air grave et songeur, ils semblaient sous le coup de souvenirs et de pensées plus atroces encore que celles ayant réduit les paysans à un silence tremblant. Assaillis de questions confuses, ils se contentèrent de secouer la tête et de confirmer un fait essentiel :

— La créature a disparu à tout jamais, assura Armitage. Elle a été réduite à ses éléments constitutifs et rien ne pourra la rendre à l'existence. Elle représentait une impossibilité dans un monde normal, seule une infime partie de son être était formée de matière dans le sens où nous l'entendons. Elle était comme son père et, pour l'essentiel, elle est retournée à lui, dans une sorte de royaume indéfini ou une dimension hors de notre univers ; je parle d'un vague abysse d'où seuls ont pu l'arracher pendant un temps pour la faire venir sur ces collines les rites les plus abominables créés par le génie dont fait preuve l'humanité pour le blasphème.

Un bref silence suivit cette déclaration, durant lequel les sens égarés du malheureux Curtis Whateley ramenèrent tant bien que mal à sa conscience un sentiment de continuité. Il porta les mains à sa tête et se mit à gémir. Les souvenirs lui revenaient et l'atrocité de la vision qui l'avait abattu le frappa de nouveau.

— Oh, mon Dieu, cette moitié d'face, cette moitié d'face en haut… avec les yeux rouges, les ch'veux crépus d'un albinos, point d'menton, comme les Whateley… C'était un truc du genre pieuvre, ou mille-pattes, ou araignée, mais y avait une moitié d'face en haut et al ressemblait à la celle du sorcier Whateley, mais al f'sait des mètres et des mètres de large…

Il se tut, fourbu, tandis que le groupe entier le dévisageait avec stupéfaction, sans toutefois de terreur supplémentaire. Seul le vieux Zebulon Whateley, qui conservait vaguement le souvenir des anciens événements, prit la parole pour la première fois.

— Y a quinze ans d'ça, balbutia-t-il, j'ai ouï l'grand-père Whateley qui disait qu'un jour on ouïrait un enfant d'Lavinia crier le nom d'son père en haut d'Sentinel Hill…

Joe Osborn l'interrompit pour interroger de plus belle les savants d'Arkham.

— Mais c'était quoi, finalement, et comment qu'le jeune sorcier Whateley l'y a fait venir d'l'air ousque c'était ?

Armitage, dans sa réponse, choisit ses mots avec soin.

— C'était... eh bien, pour l'essentiel il s'agissait d'une force qui n'appartient pas à notre univers, une force qui agit, croît et prend forme en suivant d'autres lois que celles de notre Nature. Nous n'avons pas, jamais, à invoquer ces êtres existant hors de notre monde, seuls les personnes et les cultes les plus maléfiques tentent ce genre d'expérience. Il y avait un peu de cette entité en Wilbur Whateley, suffisamment pour faire de lui un monstre abominable au développement rapide et pour que son agonie constitue un spectacle vraiment terrible. Je vais brûler son maudit journal, et vous, si vous avez un peu de bon sens, devriez dynamiter cette pierre-autel là-haut avant d'abattre tous les cercles de pierres levées au sommet des autres collines. Ce sont ces installations qui ont attiré ici les êtres qu'appréciaient tant les Whateley, ceux qu'ils voulaient voir littéralement éliminer la race humaine et entraîner notre Terre vers un endroit innommable dans un but tout aussi innommable.

» Quant à cette chose que nous venons d'expulser, les Whateley l'avaient élevée pour qu'elle prenne une part hideuse dans leurs projets. Elle a grandi vite, est devenue énorme pour la même raison qui a rendu si rapide la croissance de Wilbur ; la sienne a été bien plus impressionnante que celle du jeune Whateley parce que cet être comportait une plus grande part de cet abysse extérieur. Vous avez tort de demander comment

Wilbur a pu le faire venir de nulle part : il ne l'a pas invoqué. Il s'agissait de son frère jumeau qui ressemblait davantage que lui à leur père.

Achevé d'imprimer en mars 2020
par «La Tipografica Varese Srl» Varese
Imprimé en Italie
Dépôt légal : avril 2020
2810597-1